新 潮 文 庫 編

新 潮 社 版

11357

司馬遼太郎を知るための⑤つのキーワード

日本とは、日本人とは何かを常に問い続け、数多くの歴史小説とエッセイを遺した司馬遼太郎。国民的作家の多岐にわたる活動を知るための5つのキーワード。

引用はすべて『司馬遼太郎が考えたこと』（新潮文庫）より

キーワード①

戦国三部作

『国盗り物語』

斎藤道三・織田信長

新時代を拓く先鋒となった英雄たち。

『新史 太閤記』

豊臣秀吉

人の心を捉えた、希代の「人蕩し」の天才。

『関ケ原』

徳川家康・石田三成
その後の日本の歴史の行方を決めた合戦。

まとまらぬついでに、突然なことをいえば、変動期が必要なんです。すくなくとも私にとっては変動期を舞台に人間のことを考えたり見たりすることに適している。自然、書くことが歴史小説になるのでしょう。

③「歴史小説を書くこと――
なぜ私は歴史小説を書くか」

キーワード② 竜馬と歳三

それぞれ立場は違いながらも「志」を胸に、幕末という歴史の動乱期を駆け抜けた二人の男を描く、司馬遼太郎の代表作『竜馬がゆく』『燃えよ剣』。

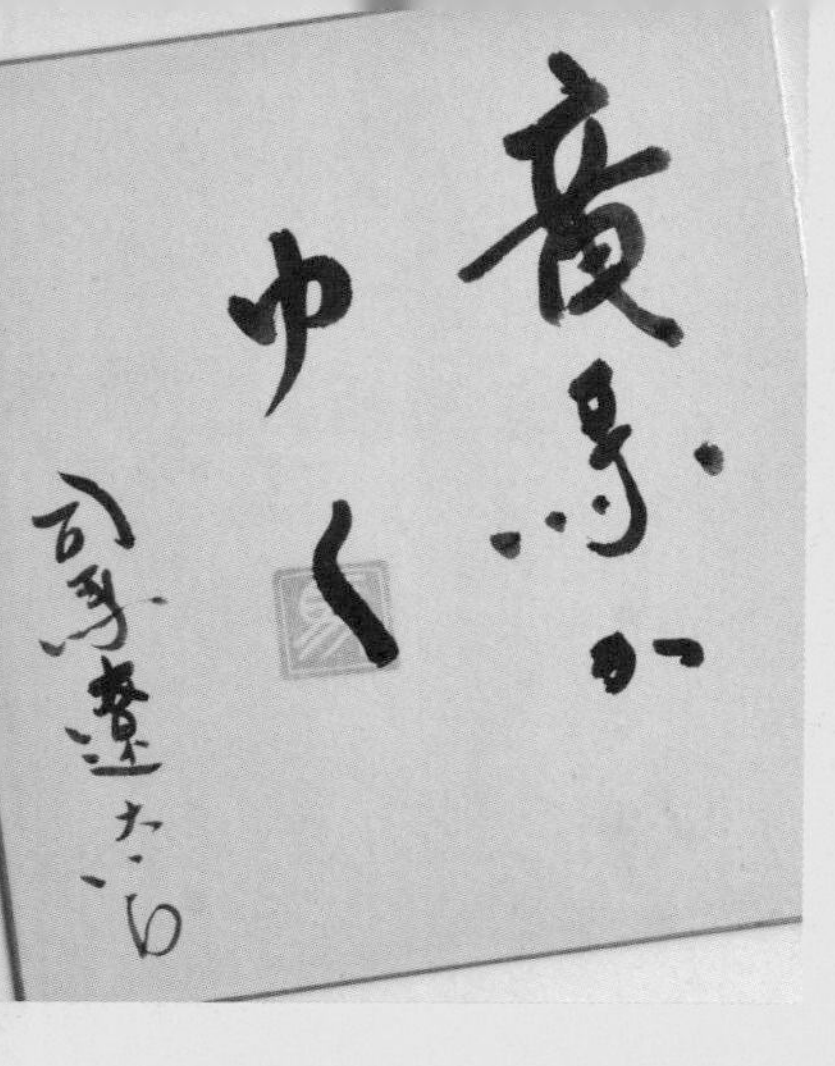

日本史が坂本竜馬を持ったことは、それ自体が奇蹟であった。なぜなら、天がこの奇蹟的人物を恵まなかったならば、歴史はあるいは変っていたのではないか。

竜馬は、生きている。われわれの歴史のあるかぎり、竜馬は生きつづけるだろう。私はそれを感じている自分の気持を書く。冥利というべきである。

②「あとがき（『竜馬がゆく　立志篇』）」

歳三は戦国時代の勇者ではなく、現代の英雄とよばれるにふさわしい。歳三のような人物は、どの職場にもいるのではないか。ただその企業目的が、殺人であるかないかのちがいだけである。

②「作者のことば（「燃えよ剣」連載予告）」

歳三は、それまでの日本人になかった組織というあたらしい感覚をもっていた男で、それを具体的に作品にしたのが新選組であったように思われる。その意味だけでいえば、文化史的な仕事を、この男の情熱と才能はなしとげたのではないか。

②「あとがき（『燃えよ剣』）」

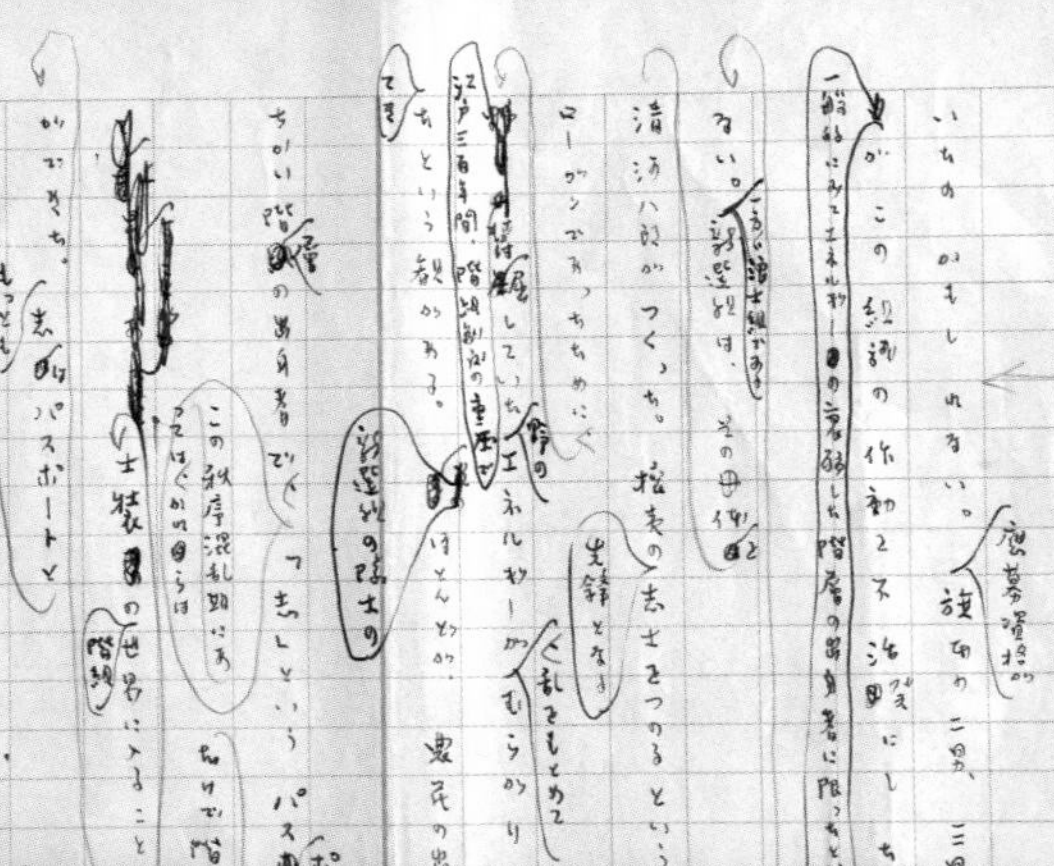

キーワード ③

大阪

生涯、大阪に住みつづけた司馬遼太郎。その最後の住居の一部は、東大阪市の司馬遼太郎記念館で公開されている。

とにかく大阪に住む便利の一つは、思いたてばわずかの時間で必要な史蹟の場所にゆけることである。とくに、戦国後期と幕末を舞台にした小説をかくばあいは都合がいい。

②「上方住まい」

人間というのは、病的な自己愛のもちぬしでないかぎり、鏡の中の自分の顔や、テープに再現された自分の声を、冷静に見たり聴いたりすることができないはずである。つねに多量の、もしくは微量な嫌悪感がつきまとう。私の大阪への感情もそれに似ている。

私はすでに半世紀以上もこの街に住んでしまっている。街そのものが自分の皮膚のようになっていて、植物にたとえれば他の土壌への移植が利かないぐらいになっている。

⑬「大阪の原形——日本におけるもっとも市民的な都市」

人の心はあらあらしさに堪えがたく、秩序の中でこそやすらぐ。大阪ははるかなむかしから機能としては、大きくかつ精緻でありつづけた。しかし美しさという点では、かならずしも十分ではなかった。

　さらにいえば、都市もまた自然の上に載っている。自然のなかで呼吸し、自然との調和のなかでのみその美しさを見出す。大阪を成立させているそれら自然と人工という荘厳な営みに、私はかぎりない畏敬をおぼえるのである。

⑫「草するにあたって」

キーワード④ 旅

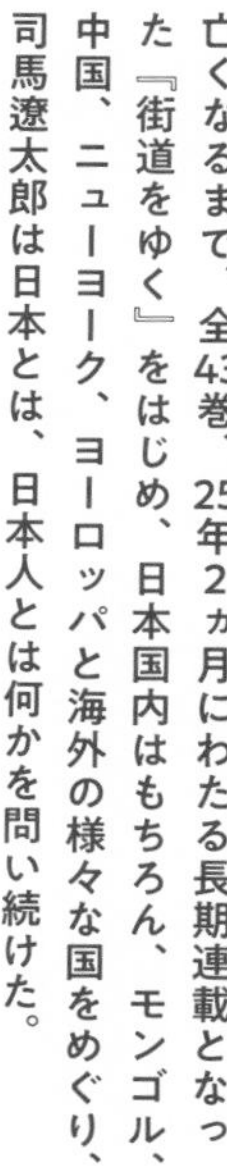

亡くなるまで、全43巻、25年2ヵ月にわたる長期連載となった『街道をゆく』をはじめ、日本国内はもちろん、モンゴル、中国、ニューヨーク、ヨーロッパと海外の様々な国をめぐり、司馬遼太郎は日本とは、日本人とは何かを問い続けた。

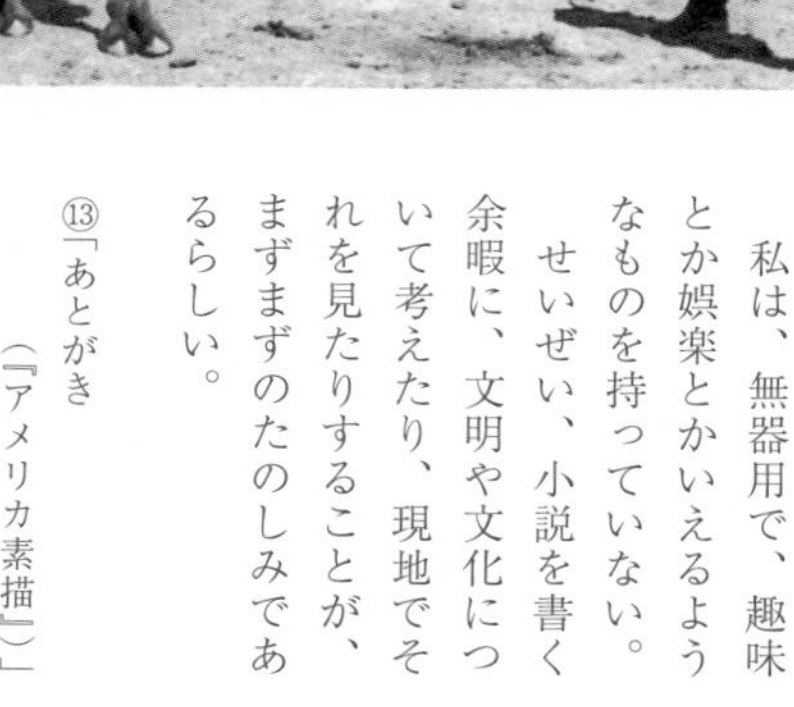

私は、無器用で、趣味とか娯楽とかいえるようなものを持っていない。

せいぜい、小説を書く余暇に、文明や文化について考えたり、現地でそれを見たりすることが、まずまずのたのしみであるらしい。

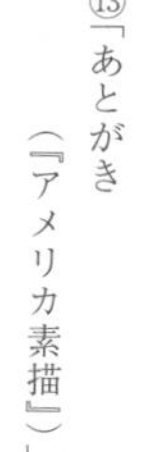

⑬「あとがき（『アメリカ素描』）」

人間という痛ましくもあり、しばしば滑稽（こっけい）で、まれに荘厳でもある自分自身を見つけるには、書斎での思案だけではどうにもならない。地域によって時代によってさまざまな変容を遂げている自分自身に出遭（であ）うには、そこにかつて居た―あるいは現在もいる―山川草木のなかに分け入って、ともかくも立って見ねばならない。

⑫「私にとっての旅
（『ガイド 街道をゆく 近畿編』）」

私の旅は、いつも卒然（そつぜん）としている。

まず、書斎で、古ぼけてぼろぼろになった分県地図をひっくりかえしてみる。ここへゆきたいと思いたつと、その部分のこまかい地図をとりだしてきて、拡大鏡で見つめる。地図も見なれてくると、むこうが、演技をしてくれる。渓流は音をたてて流れ、山の稜線（りょうせん）も、その下の野に立って仰ぐ場合のように、ながながと横たわってみせてくれる。

⑫「旅の動機
（『ガイド 街道をゆく 西日本編』）」

蔵書

司馬遼太郎の作品の源泉となった膨大な蔵書。壁面を本棚で埋め尽くした自宅には約6万冊もあったという。記念館には約2万冊が高さ11メートルの大書架にイメージ展示されている。

読書というばいわば清雅な語感にあたいしないかもしれないが、私の場合、書物をよんでいいところに感銘をうけると、同種類の書物をできるだけ多く読みたい。

最初の一、二冊は当然ながらくわしく話を遂って読む。つぎからはその必要な個所だけの要点読みである。このように読みつづけてゆくと、どの説――または記述――がほんものかが、薄明がしだいに明るみはじめるようによくわかってくる。

小説の場合は、ひとりの作家や評論家に関心をもつと、もうきれっぱしのみじかい文章まで読みたくなる。

③「私の読書法」

なぜ昔の資料などがおもしろいのか、といわれるが、なんでもないことだ。そういう本を面倒を忍んで読みすすめるうちに、粛然としてそこに人生をみつけることがあるからだ。ある男女の人生が、また人間が、いきいきと、そのきたない紙のなかからおどり出てくるのである。

②「男の魅力」

文豪ナビ

司馬遼太郎

目次

ジャンル別！

司馬遼太郎作品ナビ

数多の作品のなかから
ジャンル別に
オススメを紹介！

巻頭グラビア

司馬遼太郎を知るための⑤つのキーワード

巻頭グラビア写真

p4-5　高知・鏡川にかかる南国橋上で
p6 上　「竜馬がゆく」自筆題字色紙
p7　「見廻組のこと」自筆原稿
p8　大阪城石垣の前で
p9 右　東大阪の自宅書斎で
　左　新幹線「ひかり」号ビュッフェで
p10上　モンゴルの旅で
　下右「豊後・日田街道」取材中
　下左『街道をゆく41・北のまほろば』で参考にした地図
p12-13　執筆当時のままの書斎
p15　推敲に使ったDERMATOGRAPH

写真　司馬遼太郎記念財団所蔵
p6上、p7、p10（3点とも）、p12-13、p15、p61（2点とも）
新潮社写真部
上記以外の写真すべて

本文デザイン　カラス

協力　司馬遼太郎記念財団

ジャンル別！
司馬遼太郎作品ナビ

司馬遼太郎の作品は、歴史のなかの人物に新たな光を当てた、戦国もの、幕末もの、明治ものといった歴史小説をはじめ、紀行エッセイ、文明批評など多岐にわたっています。

新選組ブームの火付け役となった『燃えよ剣』をはじめ、テレビドラマ化や映画化された作品も多いため、名前は知っているけれど、「どの作品を読んだらいいの？」と迷うところでしょう。

この「作品ナビ」では、司馬遼太郎の多彩な作品世界を理解するための五つのコースを用意しました。それぞれのジャンルの中から代表的な作品をピックアップして、その読みどころをご紹介します。

躍動する忍者たち

司馬遼太郎 おすすめ読書コース

戦国時代に大名に仕え、諜報活動や破壊工作に従事した忍者。歴史の表舞台には出てこない、自由に生きた陰のヒーローたちの活躍に、胸が高鳴ります。

梟の城

P22

豊臣秀吉の暗殺を狙う伊賀忍者・葛籠重蔵、その計画を阻止しようとする裏切り者の忍者・風間五平。凄惨な死闘のあと、秀吉の寝所に忍び込んだ重蔵のとった行動とは？　直木賞受賞作。

風神の門

P24

お馴染み、霧隠才蔵を主人公に真田幸村、猿飛佐助も登場する伝奇小説。才蔵と女性たちとのロマンスも読みどころです。

誰もわからないうちに八人の武士を首だけにしてしまった戦国有数の幻術師の暗躍を描いた異色作。

司馬遼太郎
果心居士の幻術

飛び加藤
『果心居士の幻術』所収
P25

＜

果心居士の幻術
『果心居士の幻術』所収
P26

＜

下請忍者
『最後の伊賀者』所収
P27

＜

最後の伊賀者
『最後の伊賀者』所収
P28

躍動する忍者に、これからの日本人の姿を重ねた直木賞受賞作

『梟の城』（新潮文庫）

司馬遼太郎は、産経新聞文化部に勤めていた昭和三十五年（一九六〇）、この『梟の城』で、直木賞を受賞しました。

作品の主人公は、織田信長によって父、母、妹を殺された伊賀忍者の葛籠重蔵。しかし怨敵・信長は反逆者、明智光秀の謀反で亡き者にされてしまいます。仇を失った重蔵は、今度は信長の後継者である豊臣秀吉を標的にし、彼の命を奪うことを生きがいにするのです。

重蔵と同じ伊賀者の風間五平は、重蔵の暗殺計画を阻止して、それを出世の糸口にしようと考えていました。この二人の行動に、重蔵に惹かれる女間者の小萩や、石田三成の側近・島左近、茶人で堺の大蔵卿法印・今井宗久、武将・前田玄以など、多くの人物の思惑が絡み、物語は濃密な緊迫感のなかで重蔵と秀吉の直接対決へと進んでいきます。

天下人・秀吉と忍者・重蔵との勝負の行方も読みどころですが、本編の特色は、人生を「風」に喩えた文学的な風趣にあるといえます。作中、暗殺にこだわる重蔵を案じた小萩は、人生の先達、雲水の毒潭に今後の身の振り方について相談します。毒潭は、小萩に次のように説くのです。「人のいのちは、劫億のかなたより生れ来たって、劫億のかなたへ吹き散る。風も同様のこと」、「人のいのちも風のごとく虚仮ゆえ、目に見えはせぬ。ただそこに事実として在るのは、人の生涯の行動のみじゃ」と遠回しに傍観することをすすめるのです。これに対し小萩は決然と「おなごの智恵とまことで、重蔵さまの生き方をお変えして見せまする」と宣言します。この小萩の発言には、戦後世代の情熱や、戦いではなく愛で未来を掴み取ろうとする当時の若者の決意が重ねられるのではないでしょうか。

戦後の日本に華々しく登場した歴史時代作家・司馬遼太郎の作品には、世界への希望や、新しい時代にふさわしい、自由で積極的な生き方が提示されていたように思われるのです。

歴史の面白さを追求した、胸が高鳴る恋と死闘の伝奇小説

『風神の門』上・下（新潮文庫）

関ケ原の合戦ののち、豊臣家は大坂城に追い詰められます。豊臣、徳川の最終決戦が目睫の間に迫るなか、伊賀忍者の頭領・霧隠才蔵は、関ケ原の合戦に敗れ、紀州高野山麓の九度山に配流された流人の真田幸村と出会います。生来、組織に属することを嫌う才蔵でしたが、真田ひもの製造、販売を活かして全国規模の情報網を構築する幸村のたぐいまれな才覚に尊敬の念を抱くようになります。

甲賀忍者の猿飛佐助とともに豊臣側についた才蔵は、徳川家の忍者・風魔の獅子王院などと激闘を繰り広げつつ家康の命を狙いますが、目的を達することはかないませんでした。そして次第に大坂城に全国の牢人たちが集結するなか、才蔵は意図せず、当代一の大剣豪と闘うことになります。この奇想天外な展開には、作者の伝奇的な遊び心が感じられ、読む側も胸が高鳴ります。

そうこうするうち、才蔵は複数の女性たちと出会い心を通わせます。豊臣家の家

老・大野治長の妹・隠岐殿、公家の娘・青子、女間諜お国、甲賀の忍び小若といった魅力的な女性たちとひと時を過ごすのです。このような才蔵と女性たちのロマンスから、本書は忍者を主人公とした歴史小説でありつつも、若者たちの大恋愛小説であったとも捉えることができるのです。

作品が書かれたのは、昭和三十年代の経済成長期のまっただ中でした。人々は必死に働き、ときに出会いや恋愛に将来への夢や希望を膨らませたのです。おそらく司馬遼太郎の長編忍者小説には、そうした戦後日本の社会状況や、若者らの青春模様が投影されていたのでしょう。そして本作の結末に流れる、爽やかな一陣の風には、作者からの日本人への期待と応援の念が込められていたように感じられるのです。

戦国武将・上杉謙信を翻弄した神出鬼没の大忍者

「飛び加藤」（『果心居士の幻術』新潮文庫）

戦国時代には、乱波透波と呼ばれた者たちが間諜として武将のために働きました。

彼らの多くは汚れ役と見なされ、武士からは格下扱いされていたのです。しかしそんな忍者たちのなかにも、伝説的な人物が複数存在しました。神懸かり的な幻術で名将・上杉謙信を翻弄した、本作の主人公・飛び加藤もその一人です。気付かぬうちに人を連れ去る、秘蔵された薙刀(なぎなた)をすり替える等々。飛び加藤は、およそ常識では理解できぬ怪事を次々と演じたのです。その異能に恐れをなした謙信は、飛び加藤の殺害を決意するのですが――。

誰もが厳しい身分制度に縛られた世の中を、術の力で自由気ままに生きる忍者は、まぎれもなく戦国のヒーローと呼べるでしょう。

権力者にも怯(ひる)まぬ戦国期のダークヒーロー
「果心居士の幻術」（『果心居士の幻術』新潮文庫）

飛び加藤と並び称される戦国期の大幻術者に、大和興福寺の僧堂出身、果心居士がいます。彼もまた筒井順慶(つついじゅんけい)や松永弾正(だんじょう)、豊臣秀吉など権力者たちを化生(けしょう)の者の技で大いに惑わせます。その姿は、あたかもファンタジー小説のダークヒーローのようです。自分たちの都合で忍びの命を使い捨てる権力者たち、そんな彼らを果心居士は既成の概念を越えた特殊能力で振り回します。そして、その術者の行動のなかに、悪政や不平等に対する庶民など、力なき者の無言の怒りが感じられるのも、司馬遼太郎の忍者小説の奥深さといえるでしょう。

一人の忍者が辿る奇妙な運命を独特の人生観で綴る

「下請忍者」（**『最後の伊賀者』講談社文庫**）

忍者の世界には、上忍、下忍という絶対的な階級制度がありました。伊賀喰代の百地小左衛門配下の下忍・猪ノ与次郎は、過酷な環境と小左衛門の娘・木津姫による求愛に嫌気がさし、伊賀から逃亡します。しかし、伊賀の村主は、下忍の裏切りを許さず執拗に追っ手を繰り出すのです。他の下忍たちを敵に回した恐怖から、自ら伊賀に戻った与次郎は捕らえられ、喰代の百地屋敷に連行されます。が、与次郎を待っていたのは、まったく予想外の結末でした。

惨たらしい忍者の世界にほろ苦いユーモアを交える、歴史の奇妙さを知る、司馬遼太郎ならではの人生観がにじみ出た妙味のある一編です。

忍びの者の矜持と超然とした逞しさ

「最後の伊賀者」（『最後の伊賀者』講談社文庫）

戦国から徳川の世へと時代が移り変わるのにともない、忍者も術者から宮仕えの身へと変貌を遂げます。こうした時代の過渡期に起きた上忍と下忍の衝突を描いたのが本編です。

慶長年間の江戸で、伊賀同心の支配者・服部石見守正就は、忍びの術を会得していない自分を軽視する配下の同心たちに必要以上に橋や道路の普請を命じ、彼らの生活を困窮させます。忍びの技を疎かにし、徳川家の家臣として保身に汲々とする上忍・石見守に対し、先祖伝来の術を磨くヒダリこと野島平内は、反発心を隠そうともしません。〈忍者でない者が忍者の支配をするのは、われわれの術技の神聖をけがす〉というのがヒダリの考えでした。やがて追い詰められた伊賀衆二百人は、ヒダリの提案によって西念寺に立てこもり、窮状を公儀に訴えるのです。

　実際に起きた伊賀同心の反抗を題材に、異能の力を持った最後の伊賀忍者ヒダリの至極の技を描いた痛快な一編です。

　司馬遼太郎の忍者小説は、過酷な身分差別や、危険な任務に利用された忍者の悲惨さを映し出しつつも、どこか超然とした忍びの者の逞しさや、心身の力強さを描いています。

　正史に描かれない無名の忍者たちの躍動する姿は、読者の現実での鬱憤（うっぷん）を晴らし、困難に立ち向うための活力と情熱を、その胸に滾（たぎ）らせるに違いありません。

司馬遼太郎 おすすめ読書コース

戦国の英雄たち

斎藤道三、織田信長、豊臣秀吉、徳川家康……。戦国時代を彩る武将たちの足跡を超人的な伝説としてではなく人間のドラマとして新たな視点で描いています。

国盗り物語
P32

新史 太閤記
P34

関ヶ原
P36

戦国三部作と呼ばれる歴史小説の代表的作品。時代の改革者・斎藤道三、織田信長。全国統一を成し遂げた成り上がり者・豊臣秀吉。権謀術数の人・徳川家康。この三作を読めば、戦国時代とはどんな時代だったのかがよくわかります。

城塞
P38
覇王の家
P39
播磨灘物語
P41
豊臣秀吉の軍師として有名な黒田官兵衛の生涯。司馬遼太郎が、黒田官兵衛のことを「好き」だから書いた作品。
功名が辻
P42
山内一豊の妻・千代が大活躍するNHKの大河ドラマでもお馴染みの作品。司馬作品では珍しい、女性を主人公の一人とした一編。
夏草の賦
P43

戦国三部作① 時代の改革者たち　斎藤道三・織田信長

『国盗り物語』一〜四（新潮文庫）

本編『国盗り物語』と、続く『新史 太閤記』、『関ケ原』は歴史的なつながりがあることから戦国三部作と呼ばれています。

記念すべき第一作の『国盗り物語』は、戦国時代に革新をもたらした斎藤道三と織田信長、二人の英雄的な武将を主人公に二部構成で綴られています。

もとは油売りの商人・山崎屋だった斎藤道三は、まず美濃の守護土岐氏の家臣に取り入り、その後、策を巡らせ次々と権力者たちの権益を奪い、ついには守護代斎藤氏を乗っ取ります。さらに美濃の国主・土岐氏を追放し、土地の実権を握るのです。まさに戦国時代の下克上を体現した稀代の梟雄といえるでしょう。司馬遼太郎の初期作品は、道三のような知恵と行動力で自らの人生を切り開く、革命的な人物を題材にしているのが第一の特徴です。

作者は斎藤道三を、庶民から搾取する室町幕府の悪政や、群雄割拠の弊害をただす、改革者として描いています。道三は中世の神聖視された権威を権謀術策を用いて破壊し、「斎藤美濃」という新生王国を作るのです。こうした道三の戦術を、作者は既存勢力に対する「悪」と表現しています。

そして、このような道三の破壊・革命の理想を託されるのが娘婿で尾張の武将・織田信長なのです。信長が目指すのは、自分の信念に基づいた天下万民のための国作りです。司馬遼太郎は、彼を強烈な「正義感」の持ち主だと言明します。比叡山を「偽の仏法である」と見なす信長は、僧俗三千人を斬り殺すことに何のためらいも感じません。彼は、正義と政治的理念によってまやかしの宗教を断罪することこそ、天下万民のためになると心の底から信じ切っているのです。

斎藤道三の悪と、織田信長の正義。善悪の価値や判断は人によってそれぞれですが、ときにそれは大規模な破壊と創造の源となることを『国盗り物語』は戦国の混乱模様とともに描いています。

そして本編に登場する第三の男が明智光秀です。斎藤道三に、信長と並び立つと評された彼は、文化の素養に恵まれ、連歌師・里村紹巴や歌人でもある武将の細川藤孝と誼を通じ、足利将軍家に忠誠を尽くします。ですが、その誠実で真面目な性格ゆえに、光秀は信長の狂気ともいうべき苛烈な性格に怯え、やがて心を病んでしまうのです。作者は、時代の改革者になりえた光秀が、叛逆者（はんぎゃくしゃ）とならざるを得なかった経緯を丁寧に描くことで、光秀こそ最も人間的な存在であったことを巧みに表現しています。こうした人物描写の妙を味わうのも、本編を読む醍醐味（だいごみ）といえるでしょう。

人間的興味と言えば、明智光秀を支える家臣の斎藤内蔵助（くらのすけ）の忠義も印象に残ります。破滅すると知りながらも主君に尽くす明智家の人々。司馬遼太郎は、このような歴史の脇役（わきやく）的人物にも光を当てることで、現代と地続きの歴史の面白さや、信義を重んじる普遍的な日本人の性質を伝えているのです。

また本編で見逃せないのが、戦国期のアジア文化の影響について注目している点です。斎藤道三は妙覚寺の修行僧で、仏教の知識を身に宿しています。この道三の経歴と絡（から）めてアジアの宗教や芸能の伝播（でんぱ）についても趣深く説明しているのです。

戦国三部作②　全国統一を成し遂げた男　豊臣秀吉

『新史　太閤記』上・下**（新潮文庫）**

『国盗り物語』の作中において織田信長の特異な性質を見抜き、主君と一定の距離感を保っていたのが豊臣秀吉と徳川家康でした。結果的に、この二人が信長以後の時代に実権を握ることになります。

そして豊臣秀吉の奇跡のような成り上がり人生を描いているのが『新史 太閤記』です。秀吉の少年時代、武士と農民しか存在しなかった世の中に商人が登場します。尾張国愛知郡中村の農家に生まれた秀吉は、諸国をまわって銭を生む商人に強い関心を抱き、独自のやり方で商(あきない)の仕組みと可能性を学びます。その後、彼は、尾張の織田家に仕官し、「人蕩し(ひとたらし)」という人心掌握術を駆使して着実に地位を上げていくのです。

出世にともない竹中半兵衛(はんべえ)、黒田官兵衛などの優秀な人材を登用し、信長亡(な)き後は次々と強者を調略、征服しついには天下を手中に収めます。そして、関白という天子に次ぐ貴人になります。かつて将軍・足利義昭(よしあき)に「奴隷のあがり(やっこのあがり)」と罵(ののし)られた男が、一代で巨万の富を築き、全国統一を成し遂げたのです。

司馬遼太郎は、この夢のような壮挙を、秀吉が持つ他者の心を掴む人並み外れた感受性と、人蕩しの演技力、そして物価と貨幣の安定を目指す卓越した経済感覚によるものだと分析しています。

晩年の秀吉には、朝鮮出兵など常軌を逸した言動があったことも記録に残されています。ですが、彼の身一つで成功した半生は、まさしく人間の無限の可能性を体現したものに他なりません。

司馬遼太郎の太閤記は、多くの虚像を徹底的に排し、超人的な神話や伝説ではなく、目的に向かって一つ一つ階（きざはし）を歩む、人間のドラマとして描いているからこそ不朽の名作となったのです。

戦国三部作③　野望と忠義の対決　徳川家康・石田三成

『関ケ原』上・中・下（**新潮文庫**）

豊臣秀吉の死後、徳川家康は豊臣家の乗っ取りに着手します。そのための秘策は、豊臣家を二分することでした。周到な謀略で家康は加藤清正や福島正則（まさのり）など、豊臣家の重臣を次々と籠絡（ろうらく）し、五奉行の一人で宿敵の石田三成を孤立させます。

家康は、豊臣家への謀反（むほん）の兆（きざ）しがあるとして上杉景勝（かげかつ）討伐に出征しますが、全国の諸将はこの軍事行動に、やがて訪れる三成と家康の全面対決を予感します。彼らはどちらの陣営に与(くみ)するべきか、決断を迫られるのです。そして、十数万の武将たちは関ケ原の地に集まり、天下分け目の決戦に臨みます。本書は、この関ケ原の合戦を中心に、日本中の人々の運命を大胆に点描していきます。

　権謀術数に長(た)けた老獪(ろうかい)な徳川家康と、愚直なまでに秀吉への忠誠を貫く石田三成。物語は、両者の人間性の違いを描きながら、本多正信(まさのぶ)等の徳川家の重鎮や、鍋島直茂(なべしまなおしげ)、九鬼嘉隆(くきよしたか)、宇喜多秀家(うきたひでいえ)、島津義弘(よしひろ)、小早川秀秋、大谷吉継(おおたによしつぐ)など各地の戦国武将たちの挙動を圧倒的なリアリティーと迫力で綴っています。とくに、三成の家臣で名将の島左近(さこん)の活躍する姿は一際(ひときわ)目を引き、勝敗を分ける運命の差は本当に僅(わず)かであったことを強烈に印象づけます。

　関ケ原の合戦の結果はすでに知られていますが、司馬遼太郎はこの物語の最後を九州の智者(ちしゃ)・黒田如水(じょすい)の動向を描くことで締めくくっています。当代の諸葛孔明(しょかつこうめい)と称(たた)えられる如水が、石田三成の生き様に対し最大限の賛辞を送り弔(とむら)っているのです。私たち読者は、如水の深い人間解釈によって、関ケ原の合戦に示された、日本人独特の心性を知ることになるのです。この結末に記された見事な一節をどうか見届けてください。

大坂城落城、豊臣家の最期！　徳川家康・豊臣秀頼

『城塞』上・中・下（新潮文庫）

『城塞』は『関ケ原』の続編ともいうべき作品です。関ケ原から十四年、天下取りの最後の仕上げに家康は豊臣家の殲滅を実行に移します。さまざまな策謀によって豊臣家の居城・大坂城を弱体化させ、大軍で城塞を包囲、総攻撃で豊臣一族を滅ぼすのです。本編は、この歴史的な出来事を、主に家康と軍学者の小幡勘兵衛の眼を通して描いていきます。

大坂の陣で徳川家康は、真田幸村や毛利勝永の猛攻により、幾度も窮地に陥ります。ひたすら逃げ回ることで、家康はかろうじて生きながらえるのです。そして、すべての戦いが終わると、家康は早々に戦場から立ち去ります。その行動はあまりに唐突で、異常ともいえるものでした。さらに記すと家康に勝利者の面影はありません。すでに次の世の政治課題に思いを巡らせていたのか、あるいは、戦闘の恐怖から少しでも遠ざかりたかったのか、家康の本意は歴史の闇に隠されたままです。

ただ一つ確かなことがあります。関ケ原の合戦と違い、大坂の陣は多くの女子供、非戦闘員が犠牲になったことです。もしかしたらそのあたりに、本作の特異な、けれども忘れ難い幕切れの理由があるのかもしれません。こうした大坂城落城にまつわる多くの謎(なぞ)に対し、司馬遼太郎がどのように想像力を働かせたのか、その部分に意識を向けて読むのも、本書の味わい方の一つといえるでしょう。

徳川三百年の礎(いしずえ)を探る　徳川家康・豊臣秀吉

『覇王の家』 上・下　**（新潮文庫）**

この作品は、徳川家康の三河時代から、豊臣秀吉が天下人となるまでをテーマに描かれています。秀吉と家康のライバル模様が、より詳細に分析、解説されており、徳川三百年の礎はどのようにして形作られたのか、その謎を解き明かす歴史探究の面白さに満ちているのです。

一例を挙げると、尾張と三河の地理的状況と住人の性格への言及があります。「尾張は一望の平野で灌漑(かんがい)ははやくから発達し、海にむかっては干拓がすすみ、東海地方きっての豊饒(ほうじょう)な米作地帯であるだけでなく、街道が四通八達して商業がさかんであった」と説き、それに比べると三河は大半が山地で、人よりも猿が多い、と尾張衆から悪口をいわれるような後進地帯であったと記しています。そして、そんな三河ですが、「国人が質朴で、困苦に耐え、利害よりも情義を重んずるという点で、利口者の多い尾張衆とくらべてきわだって異質であった」とも指摘しているのです。さらに、この三河衆の性格が徳川家の性格となり、三百年間日本を支配したと作者は付言しています。

勿論(もちろん)、これは司馬遼太郎の歴史観なので、異論や反論を唱えたい方もおられるでしょう。ただ、おそらく作者は、自分の作品をきっかけに、より多くの人々が歴史への興味を持つことを期待していたのではないでしょうか。私はこう感じ、こう考えました。貴方(あなた)はどう思いますか、と。歴史に対する推理や、考察の意欲が喚起されるのも司馬作品の魅力なのです。

希代の名将の波乱なる生涯　黒田官兵衛

『播磨灘物語』　一〜四（講談社文庫）

播州（兵庫県）・小寺氏の重臣の嫡子・黒田官兵衛（のちの如水）は、戦国末期に勢いを増した農業と経済の価値や、キリスト教などが日本に及ぼす影響等をいち早く察知し、その知識と情報を養分に成長していきます。織田信長、豊臣秀吉と出会い、彼らに仕えることで、官兵衛は広い世界を舞台に己の才覚を試してみたいという夢を叶えます。しかしそんな彼に、思わぬ奇禍が待ち受けていました。織田信長に謀反した荒木村重に捕らえられ幽閉されてしまうのです。そして官兵衛は地獄のような牢獄生活から、満身創痍の状態で救出されます。心身ともに傷ついた官兵衛ですが、彼は己を失うことなく、さらに強く、堂々と生きなおしていきます。

司馬遼太郎は本編のあとがきで、この物語は黒田官兵衛が「好き」だから書いたと述べています。もしかしたら、苦難を体験しながらも、それに打ち勝つ官兵衛の強靭な精神に、司馬遼太郎は憧れを抱いたのではないでしょうか。好きだという素直な発言のなかには、複雑な青春時代を過ごした作者だからこその深い敬意が込められているように思われるのです。

夫婦愛で戦国を生き抜く　山内一豊

『功名が辻』一〜四（文春文庫）

主人公の山内伊右衛門（のちの一豊）は、信長、秀吉、家康の三人の覇者に仕えた戦国武将です。本作はそんな伊右衛門と妻・千代が、手を取り合って熾烈な戦国時代を生き抜く様子を独特の爽快感溢れる筆致で描いています。特筆すべきは、千代の智慧の豊かさです。先をよみ、伊右衛門に的確な助言をする姿は、まさに歴代の名軍師のようです。この千代の働きにより、本編は司馬作品の中でも随一の痛快作となっています。現代的に表現すると、千代の無双の活躍を堪能することが出来るのです。そうした活劇的な興趣がある一方で、ときに笑い、ときに喧嘩をする夫婦の人情の機微が挿入されているのも本編の読みどころとなっています。そんな緩急のバランスが絶妙な本作は、司馬作品に初めて触れる方にもおすすめの作品といえるでしょう。

壮絶な武人の心得が心を打つ　長曾我部元親（ちょうそかべもとちか）
『夏草の賦』上・下（文春文庫）

四国土佐の武将・長曾我部元親は、武力や調略を駆使して四国を制圧しますが、豊臣秀吉との圧倒的な物量差の前に膝を屈することになります。いかに才知に恵まれていても、地理的、物理的事情の前にはどうにもならない。そんな地方大名の胸の内を見事に描き出しています。元親の武将としての信条は、「一国を保ってゆくほどの器量人はあらゆる悪徳の素質だけはもっているべきだという。美徳よりも悪徳のほうが行動のエネルギーになるし、またおのれが悪徳を秘めることによって他の悪徳も見ぬけるようになる」というものでした。その上で「――腹中に三百の悪徳を蔵（しま）った一つの美徳を行じよ。それが大将の道だ」と語ります。斎藤道三に匹敵する、壮絶な武人の心得は、法のもとに生きる現代人にも様々な示唆（しさ）を与えているのではないでしょうか。

司馬遼太郎で読む「戦国時代」

1495	明応4	北条早雲、小田原城を奪う『箱根の坂』
1519	永正16	早雲、没
1534	天文3	織田信長、誕生
1537	6	豊臣秀吉、誕生
1542	11	斎藤道三、土岐氏を追放『国盗り物語』
		徳川家康、誕生
1558	永禄元	秀吉、信長に仕える『新史　太閤記』
1559	2	信長、尾張を統一
1560	3	桶狭間の戦い
1562	5	信長、家康と同盟
1568	11	信長、足利義昭を奉じ入京
1570	元亀元	姉川の戦い
1571	2	信長、延暦寺を焼き討ち
1572	3	三方ケ原の戦い
1573	天正元	室町幕府滅亡
1575	3	長篠の戦い
1576	4	信長、石山本願寺を攻める
1577	5	信長、雑賀一揆を攻撃『尻啖え孫市』
1578	6	荒木村重、信長に背く『播磨灘物語』

1582	10	天目山の戦い。武田家滅亡 本能寺の変。信長、明智光秀に討たれる 山崎の戦い
1583	11	秀吉、大坂城築城を開始
1584	12	小牧長久手の戦い
1585	13	秀吉、関白に。長曾我部元親、秀吉に降伏『夏草の賦』 山内一豊、長浜城主に『功名が辻』
1590	18	秀吉、全国統一『梟の城』 家康、関東に移封
1591	19	豊臣秀次、関白に『豊臣家の人々』
1593	文禄2	豊臣秀頼、誕生
1598	慶長3	秀吉、没
1600	5	関ケ原の戦い。家康が石田三成率いる西軍を破る『関ケ原』
1603	8	家康、征夷大将軍に任じられ、江戸幕府を開設『覇王の家』
1614	19	大坂冬ノ陣『風神の門』
1615	元和元	大坂夏ノ陣。大坂城が落城し、豊臣家滅亡『城塞』 長曾我部盛親、斬首『戦雲の夢』
1616	2	家康、没

司馬遼太郎 おすすめ読書コース

動乱の幕末

志を胸に、激動の時代を駆け抜けた若者たち。司馬遼太郎が描く、坂本竜馬や新選組隊士たちの鮮烈でみずみずしい姿は、一大ブームを巻き起こしました。

竜馬がゆく
P48

＜

燃えよ剣
P51

＜

幕末の二大ヒーローといってもいい、坂本竜馬と新選組副長土方歳三。彼らの軌跡からは、きっと生きる勇気をもらえるはず。この二作が同時期に連載されていたのは驚きです。

封建制度の崩壊を見通しながらも、武士道の精神を守るために、越後長岡藩を率いて官軍と闘った河井継之助。「最後の侍」のその志は清々しい。

「人斬り以蔵」と恐れられた暗殺者の岡田以蔵。歴史の残酷さ、人間の非情さを掘り下げ、現代を生きる私たちに様々な問題提起をしています。

明治維新への流れを一望する壮大な歴史ロマン　坂本竜馬
『竜馬がゆく』一〜八（文春文庫）

動乱の維新前夜に現れ、この国の未来への道筋を示して流星のように去っていった坂本竜馬。

その竜馬は、土佐藩の郷士・坂本家に生まれ、母代わりの姉・乙女に厳しいながらも愛情を注がれて育ちます。精悍な若者に成長した彼は、嘉永六年（一八五三）に江戸の北辰一刀流、千葉道場に入門。丁度この時期に、浦賀沖にペリーの黒船が来航します。竜馬は、その圧倒的な迫力を目の当たりにし、西洋の文明と技術力に強い憧憬の念を抱くようになるのです。

黒船の来航は日本中に衝撃をもたらしました。そして、この事態への対応をめぐって幕府に反発する人々は、尊王攘夷を唱え過激な行動をとりはじめるのです。土佐藩でも武市半平太らが土佐勤王党を結成し竜馬もこれに加わります。が、勤王党の行動に限界を感じた竜馬は、脱藩して江戸に向かうことにします。その後、竜馬は幕府の軍艦奉行並・勝海舟と出会い、開国と海軍の構想を聞かされ、その考えに感銘を受け勝の門下生になります。そして竜馬は、勝に協力して幕府神戸海軍操練所の創設に向けて邁進(まいしん)するのです。

一方、京では会津藩と薩摩(さつま)藩が同盟を結び、長州藩は京から追われることになります。蛤御門(はまぐりごもん)の変、四カ国連合艦隊との戦いなどで、長州は薩摩や幕府に対して深い憎しみを抱くようになるのです。

その頃、勝に影響された竜馬は、海運と貿易による日本の大改革を思い描くようになります。この思いは、長崎の亀山(かめやま)社中（のちの海援隊）の創立へとつながるのです。また竜馬は、薩摩の西郷隆盛などに貿易会社の大株主になってほしいと頼みます。出資によって武器を購入し、武力をもってすみやかに幕府を倒し、統一国家をつくろうというのです。竜馬は、新たな政府による貿易の国策会社で、世界を相手に商いをしようと考えていたのでした。

この壮大な計画には長州藩の存在が欠かせません。竜馬の呼びかけもあり、因縁の薩摩と長州は会談をしますが、薩摩側の長州を軽んじた態度により、話し合いは決裂してしまいます。これを知った竜馬は激しく憤(いきどお)り、西郷隆盛のもとを訪れ、「長州が可哀(かわい)そうではないか」と叫ぶように言います。この竜馬の一言が西郷を動かし、薩長連合を成立させるのです。司馬遼太郎は、この同盟成立のくだりを書くことが、竜馬の物語を執筆した一つの動機であると作中で記しています。実際、この名場面は、長州の桂小五郎、薩摩の西郷隆盛、そして竜馬、彼らの静かな存在感がぶつかりあい、男たちの鼓動が波となって歴史を方向付けるという、独特の重厚感に満ちているのです。

　薩長同盟の他にも、竜馬は日本の将来について堅実な未来図を描いていました。将軍が朝廷に政権を返上する大政奉還を考えだし、実際に将軍・慶喜に実行させています。また新国家の方針も、船中八策と題して起草しています。これは、山内容堂、由利公正、福岡孝弟、木戸孝允（旧名・桂小五郎）の思想に多大な影響を与え、明治政府の五箇条の御誓文の土台となりました。竜馬は、新政府の基本政策にも深く関わっていたのです。彼は、明治の幕開けを見ずにこの世を去りますが、新しい時代の御膳立てをしたのは、まぎれもなく坂本竜馬なのです。

　また本作には、医師・楢崎将作の娘おりょうと竜馬との恋愛模様も絶妙のタイミングで差し挟まれています。こうした人情的、庶民的な面も含め、明治維新への流れを重層的に一望することができるのが、この歴史ロマンの大きな特徴といえるでしょう。

　激動の時代を、立場や環境を越えて、縦横無尽に駆け抜けた坂本竜馬の軌跡は、興奮や感動と共に、必ずや読者の心に生きる勇気を奮い起させるに違いありません。

剣に命を燃やし尽くした男の物語　土方歳三（ひじかたとしぞう）

『燃えよ剣』上・下（新潮文庫）

主人公・土方歳三は武州多摩の生まれで、天然理心流の道場・試衛館で剣術を学び、バラガキ（乱暴者）のトシと呼ばれ喧嘩（けんか）に明け暮れていました。当時の世は、尊王攘夷の思想が各地で燃え盛り、京には過激派の志士がたむろする非常に危険な状況にありました。そんな情勢から江戸幕府は、将軍上洛（じょうらく）の警護役を徴募します。土方歳三、近藤勇（いさみ）、沖田総司ら天然理心流の仲間たちは、志士・清河八郎が首領を務める警護組織・浪士組に参加します。が、京に到着すると清河は朝廷側に寝返ってしまい、歳三たちは芹沢鴨（せりざわかも）らの一党と合流し、新たな組織・新選組を結成することになります。文久三年（一八六三）三月のことです。

その後、歳三らは、組織に対する考え方の違う芹沢鴨らを殺害します。そして局長・近藤勇、副長・土方歳三という新体制を築くのです。歳三は、新選組を徹底的に鍛え上げ、最強の剣術集団に成長させます。将軍の保護と京の治安維持を名目に、新選組は不穏な浪士たちを次々と斬殺します。とくに旅宿・池田屋に集まっていた長州・土佐・肥後などの攘夷派志士を襲撃した、池田屋騒動は日本中を騒然とさせました。後年、この事件が、幕府と討幕派の戦争の発火点になったといわれるほど衝撃的な出来事だったのです。

このように勢いに乗る新選組ですが、幕府側は急速に弱体化していきます。慶応三年（一八六七）には将軍・慶喜が大政奉還を行い、朝廷に政権を返上。同年、王政復古が宣言されるのです。幕府側を徹底的に討ち滅ぼしたい薩摩藩、長州藩らの討幕派勢力は、さらに幕軍を追い詰め、鳥羽伏見の戦いで大打撃を与えます。新選組も度重なる激闘に多くの仲間を失い、ついに解散のときを迎えるのです。この折の近藤と土方の対論は本編の屈指の名場面といえるでしょう。近藤は、討幕派が錦の御旗を掲げ官軍を称したことで、自分が賊となることを厭い、新選組を外れると告げます。それに対し歳三は、時勢も勝敗も関係ない、「男は、自分が考えている美しさのために殉ずべきだ」と反論するのです。どちらが正しいというわけではありません。ただ男たちのそれぞれの信念が、道を分けたのです。この後、歳三は会津若松、函館五稜郭と最後まで幕軍に残り戦い続けます。

武士の時代が終焉へと向かうなかでも、喧嘩の美学を貫く土方歳三には、一人の運命の女性がいました。夫を病で亡くした武家の寡婦お雪です。京で歳三と出会った彼女は、歳三の唯一の安らぎの存在となります。彼女の前では、歳三は無防備なただの男となるのです。そして、歳三とお雪の愛は、物語の終盤、北の大地で涙なしには読めぬ展開を見せるのです。

この作品は、剣に命を燃やし尽くした男の物語ですが、その男の魂を救う女の精神の美しさが、ただ一つの希望となって悲愴な世界にぬくもりを与えています。過酷な時代を懸命に生きた人々の姿が、すべての読者の心を震わせる壮大な幕末小説です。

歴史に消えゆく武士の志　河井継之助

『峠』上・中・下（**新潮文庫**）

本編の主人公・河井継之助は、侍としての使命を全うした幕末の最後の武士といえるでしょう。陽明学を信奉する継之助は、若き日、江戸や西国を遊学し、故郷・長岡藩の進むべき道を発見します。それは、尊王攘夷の気運が高まる日本において長岡藩は中立であるべきだ、という考えです。

故郷に戻った継之助は才能を発揮して要職に就きます。そして最新の洋式兵器を購入して、武装中立の藩を目指し邁進するのです。

やがて戊辰（ぼしん）戦争が起こり、官軍と東北の雄・会津藩との対決のときが迫ります。長岡藩の家老に抜擢（ばってき）された継之助は、長岡藩が両者の調停役になり、この混乱した世を正道に戻す、と周囲に公言します。

わずか七万四千石の小国、長岡藩の家老・継之助の発言に人々は呆（あき）れかえります。しかし継之助の胸中には、「徳川の天下は三百年、それがほろびるにあたってたとえ一藩でも前将軍家の無実の罪をはらす藩がなければ、どうにもならない。なんのために三百年があったか、後世の者に嗤（わら）われるだろう」という武士の誇りが熱く脈打っていたのです。彼は、武士の矜持（きょうじ）のためには長岡藩の全藩士が犠牲になってもかまわない、と思い定めていたのです。

作者は、本作のあとがきで「人はどう行動すれば美しいか、ということを考えるのが江戸の武士道倫理であろう。人はどう思考し行動すれば公益のためになるかということを考えるのが江戸期の儒教である。この二つが、幕末人をつくりだしている」と述べています。河井継之助の思想と行動は、まさに歴史に消えゆく武士の一つの典型でもあったのです。継之助の志を美しいと見るか、あるいは迷妄と捉えるのか、その判断を司馬遼太郎は明確には記していません。これはおそらく、幕末の武士の情念をありのまま現代人に伝えたいという、作者の創意によるものなのでしょう。継之助を固定化していないからこそ、幕末の武士道の実像を、我々は本編で見ることが出来るのです。

『燃えよ剣』と対になる剣士たちへの挽歌

『新選組血風録』（中公文庫・角川文庫）

本書は、長編『燃えよ剣』と対になる、新選組の隊士たちを題材にした短編集です。近藤勇の愛刀・虎徹の真贋にまつわる顚末と、近藤の圧倒的な剣の技量を、独特の可笑しみを交えて描いた「虎徹」。持病を抱えた沖田総司に芽生えた、医師の娘への淡い想い(おも)の行方をドラマチックに演出した「沖田総司の恋」等々。新選組隊士一人ひとりの心情を繊細な筆致で紡(つむ)いでいます。本作における登場人物の内面を細やかに映す作風について、作家・綱淵謙錠は「近代的心理小説」を試みていると分析しています。全十五編を収録した、肌身の熱さが伝わる新選組銘々伝です。

徳川三百年の幕を閉じた男　徳川慶喜
『最後の将軍――徳川慶喜――』（文春文庫）

徳川御三家のひとつ水戸家に生まれた慶喜は、周囲の思惑により十一歳で御三卿(ごさんきょう)のひとつ、一橋(ひとつばし)家を養子相続します。その後、大老・井伊直弼(いいなおすけ)により隠居させられた慶喜ですが、桜田門外の変で井伊が暗殺されたことにより、復帰して第十四代将軍・家茂(いえもち)の後見職に就きます。そして家茂の死後、将軍職を継いだ慶喜は、大政奉還、鳥羽伏見の戦いと次々と勃発(ぼっぱつ)する難題に独自のスタンスで向き合うのです。司馬遼太郎は慶喜を行動的で聡明(そうめい)な人物と見定め、彼独特の政治手法について「慶喜はあたらしい行動に入るとき、つねに逃げ場所を設定してからでなければ入らない男であった」と解説しています。

また本書は慶喜の人物像を探りつつ、大政奉還をめぐる経緯について『竜馬がゆく』とは別の角度から、政権返上までの政治的プロセスを描いています。双方を読み比べてみるのも一興でしょう。

明治維新は桜田門外の変からはじまった　井伊直弼
「桜田門外の変」（『幕末』文春文庫）

徳川家の威信回復のため、百人以上を無理矢理に断罪した安政の大獄。この弾圧事件の張本人、大老・井伊直弼は安政七年（一八六〇）三月三日に、水戸・薩摩藩の浪士たちによって桜田門外で暗殺されます。これがいわゆる桜田門外の変です。作中、作者は「暗殺という政治行為は、史上前進的な結局を生んだことは絶無といっていいが、この変だけは、例外といえる。明治維新を肯定するとすれば、それはこの桜田門外からはじまる」と、事件がこれ以降に与えた影響について言及しています。

物語は、ただ一人、薩摩藩から参加した有村治左衛門を中心に事件までの浪士たちの行動を追っています。注目すべきは、計画実行の前夜に治左衛門が薩摩藩日下部家の娘・松子と仮り祝言を挙げていることです。一夜だけの夫婦関係が意味するものとは、安政の大獄で家族を奪われた日下部家の執念なのか、それとも悲劇的な愛の帰結なのか。このきわめて日本的な儀式の意味合いを、読者の感慨にゆだねているのも司馬作品ならではの特色といえるでしょう。

『幕末』にはこの他にも、新選組設立の陰の立役者ともいうべき、清河八郎の策謀まみれの人生を描いた「奇妙なり八郎」など全十二編が収録されています。


歴史の残酷さ、人間の非情さを掘り下げた作品　岡田以蔵

「人斬り以蔵」（**『人斬り以蔵』新潮文庫**）

司馬遼太郎は幕末をテーマにした短編も数多く執筆していますが、そのうちの一編

「人斬り以蔵」は、歴史の残酷さ、人間の非情さを掘り下げた作品として特に異彩を放っています。土佐藩の足軽・岡田以蔵は、自己流で剣術を身に着け、武市半平太の道場に入門します。以蔵の相手を叩きのめすことに徹した邪剣に戦慄を覚える武市ですが、彼は以蔵の剣術修行に力を貸し、以蔵の技に磨きをかけます。そして土佐勤王党を結成した武市は、以蔵をつれて京にのぼり攘夷運動に励みます。学識乏しい以蔵の役割は、武市の意に反する者たちの暗殺です。以蔵は、武市の道具として使われるのです。

ところが、事態は急変します。土佐藩の政治の風向きが変わり、要人を暗殺した勤王党一味は藩に囚われてしまいます。武市半平太、岡田以蔵も捕まり、厳しい取り調べが行われます。そして、足軽の以蔵の決断が、武市たちの運命を決めることになるのです。

作品は、暗殺という歴史の暗部を克明に描くことで、当時の身分による差別や過激な攘夷運動の問題点を浮き上がらせます。そうした悲惨な過去の記憶が、後の世を生きる私たちに社会的、道徳的な戒めや教訓を授けてくれるのです。歴史的面白さだけに止まらない、意義深い一編といえるでしょう。

司馬遼太郎 おすすめ読書コース

近代国家への歩み

西郷隆盛、大久保利通ら偉人英雄たちの時代は終わり、官と民の時代がやってきます。現代日本の礎となった変革の時代を壮大なスケールで描いています。

明治維新を成し遂げた功労者の西郷隆盛と大久保利通。征韓論での対立により下野した西郷は、政府に不満を持つ士族に担がれ、ついに西南戦争が勃発。英雄たちが退場し、官僚、政治家、軍人たちが台頭する、新しい時代が始まります。

翔ぶが如く

P62

坂の上の雲

P64

高揚した明治維新後の時代を生きた軍人の秋山好古・真之兄弟と、俳人の正岡子規。日清・日露戦争を題材に、三人の若者たちの青春群像を通して、なぜ戦争は起きたのか？　日本はいかに戦ったのか？　を描いています。

＜

歳月

P68

＜

殉死

P70

ひとびとの跫音

P71

＜

木曜島の夜会

『木曜島の夜会』所収

P72

日本を飛び出して海外で危険な仕事に従事した男たちの過酷ながらも勇敢な生涯。実際に現地に赴き執筆された、日本人とはどういう人間なのかを考えさせられる記録文学の傑作。

偉人・英雄時代の壮大なフィナーレ　西郷隆盛・大久保利通（としみち）

『翔ぶが如く』一〜十（文春文庫）

戊辰（ぼしん）戦争により、徳川幕府を完膚なきまで打倒した官軍は明治新政府を樹立します。しかし、その内幕は一枚岩ではなく、海外の列強諸国の脅威を取り除くことを主張するグループや、版籍奉還、廃藩置県で多くの権利を失った士族たちの不満を案じる内治派など、実に様々でした。こうした国の方針をめぐる混乱は、朝鮮への外交姿勢を決める議論で、決定的な対立を生じさせます。

鎖国を続ける朝鮮に開国を迫り、場合によっては武力を行使することも厭（いと）わないと唱える征韓論派の代表が西郷隆盛でした。この西郷の案に板垣退助、後藤象二郎、江藤新平らが同調します。一方、大久保利通、岩倉具視（ともみ）、木戸孝允（たかよし）らは、朝鮮との関係悪化を恐れ、反征韓論の立場をとります。大久保らは、明治四年（一八七一）に、岩倉具視を特命全権大使として海外視察に出掛け、欧米列強の国力の高さを目の当（ま）たりにし、世界を敵にまわしてはいけないことを骨身にしみて分かっていたのです。

征韓論をめぐる西郷と大久保の政治的対立は、西郷の辞職で一旦幕を下ろします。ですが、征韓論に希望を持っていた薩摩、長州、土佐、肥前などの士族たちは、新政府にいっそうの不満を募らせ、西郷に対する期待と信奉を急速に膨らませていくのでした。

薩摩に戻った西郷や桐野利秋たちのもとには、政府に反発する者たちが続々と集まってきます。日本に内戦の雰囲気が漂い出した明治七年（一八七四）、西郷に続いて下野した江藤新平が、佐賀で反乱を起こします。大久保は、ただちに江藤を捕え、士族への見せしめに彼を処刑してしまいます。

佐賀ノ乱の後も、神風連ノ乱、秋月ノ乱、萩ノ乱と士族の反乱は続発します。明治政府はこれらの反乱を鎮圧しながら、西郷隆盛が設立した薩摩の私学校に、警戒の目を向けていました。そして、警視庁の川路利良は薩摩の士族の動静を探るため人を送ります。しかし、これが薩摩の士族たちに西郷隆盛暗殺という疑いの念を抱かせてしまうのです。時を同じくして、私学校の生徒による政府の火薬庫からの弾薬略奪事件が発生します。この二つの騒動を契機に、西郷と士族たちは政府との戦いを決意します。士族最大の勢力と政府軍との戦い、西南戦争はこうして起こったのです。

熊本城の攻略戦、田原坂の激闘と戦いは熾烈を極めます。ですが、人員、武器・弾薬など政府軍の圧倒的物量の前に、次第に士族側は撤退を余儀なくされます。そして、士族たちに担がれた西郷隆盛は、鹿児島の城山で最期を迎えるのです。

さらに、この戦争の一年後、大久保利通もまた不平士族によって暗殺されてしまいます。

西郷と大久保、維新の主役たちが去り、近代の国家では、行政の執行者、官僚らの台頭がはじまります。戦国時代から明治維新までの英雄的な存在と民衆の時代は終わり、官と民の時代が訪れたのです。この大長編は、歴史の変遷と共に偉人・英雄時代の終幕を、壮大なスケールと多彩な登場人物によって物語化したといえるでしょう。

フィクションを封じ、明治の実像を描く　秋山好古、真之兄弟・正岡子規

『坂の上の雲』一～八（文春文庫）

司馬遼太郎は維新後から日露戦争までの三十余年は、文化史的、精神史的に、楽天的な時代であったと記しています。政府も軍隊も、維新によって生まれた小さい町工

場のようで、そんな小さな国家のなかで人々は集団を強くするために共に働き、楽天主義的な空気で時代を明るくしていたと説明します。そしてこの勢いのまま、日本の陸・海軍は計画を立て、堅実な運営を行い、ロシア軍内部のトラブルなど運にも恵まれて日露戦争で勝ちをおさめたのでした。

本作は、そんな高揚した明治時代の移り変りと、四国松山出身の三人の若者、秋山好古、真之兄弟と正岡子規の青春模様を重ねて描いています。

正岡子規は、政治家を目指して上京しますが、大学予備門で哲学の魅力に目覚めその道に進路を変更します。が、学校の同級生に彼を上回る天才的な哲学青年・米山保(やす)三郎(さぶろう)がいたことで熱意を喪失、国文学を専攻することにします。子規は、精進を重ね、あまねく現実を写生する作風を生み出し、作者曰(いわ)く「かれ自身の美学で日本の短詩型の価値観を再編成してその後の系列の大宗」となったのでした。俳諧(はいかい)、短歌、新体詩、小説の分野で才能を開花させた彼は、病により若くして天に召されます。しかしながら、美を探究し最後まで諦(あきら)めなかった子規の志は、学友・秋山真之の胸中に深く刻みこまれ、彼のなかで生き続けるのでした。

秋山兄弟は、主に金銭的な事情から軍隊に入ります。兄の好古は陸軍、弟の真之は海軍です。彼らはそれぞれの現場で、与えられた任務として軍の強化に心血を注ぐことになります。

好古は、陸軍にフランスの騎兵戦術を導入し、騎兵隊に砲兵と歩兵、工兵を加え、大規模な機動集団を組織して、勝ち目はないといわれたロシアのコサック騎兵集団を相手に善戦します。

また真之は、大学予備門を辞めたのち海軍に入り、やがて戦略・戦術を学ぶために渡米します。世界的な海軍戦術の権威、マハン大佐に過去の戦史から学ぶことの重要性を説かれ、帰国後も戦史研究に専念します。そして真之は、九州唐津の大名だった小笠原(おがさわら)家に保存されていた日本の戦国時代以前の能島(のじま)流水軍の兵法書に辿(たど)り着きます。この書より得た知識を活用し、真之は日本の海軍の陣形や戦法の基礎を築くことになるのです。彼は、日露戦争において連合艦隊の作戦参謀の任に就き、日本海海戦でロシアのバルチック艦隊の撃滅に大きく貢献します。この勝利の鍵(かぎ)となったのが、瀬戸内海の水軍の兵法だったのです。

ここで一つ、確認しておきたいことがあります。この物語は、日清(にっしん)戦争、日露戦争を題材にしていますが、決して戦争を讃美(さんび)している作品ではないということです。なぜ戦争は起きてしまったのか、日本はいかに戦ったのか、という歴史的な疑問から、秋山兄弟の刻苦勉励、努力する姿を描いているのです。

作者は、あえてフィクションを禁じて執筆し、軍隊の英雄を描くのではなく、多くの事実、逸話を挿入して作品を組み立てています。例えば、明治三十七年（一九〇四）の旅順要塞攻略の際には、司令官の乃木希典が苦戦していたところに、満州軍総参謀長の児玉源太郎が現地に入り、専門家の反対を押し切って強引に要塞砲を投入して、短時間で旅順を陥落させたという史実を掘り起こしています。

また日本の海軍は、戦闘服は下着にいたるまで消毒された新品が用意されていたため、攻撃で外傷をうけた場合でも化膿する可能性がずいぶん抑えられたに違いないという、知られざる実話も挿入されています。

このような軍隊の戦術・戦略をはじめ、戦場での技術力や、人々の発想、作戦などを事細かに調べ上げて、作品の骨子にしているのです。そのため、作者は元海軍の関係者に取材し、不慣れなロシア語に苦しみながら、ロシア側の政治・軍隊の動向も綿密に調査したのでした。

この物語は、日露戦争とは、そして日本人とはなにか、という主題を、歴史学や地政学など多分野に亘って徹底的に考察しています。それゆえ、作品全体に知の醍醐味が溢れており、歴史を正しく知りたいと思う、多くの人々の欲求を満たしてくれるのです。

法の論理に殉じた男の独特の美学　江藤新平

『歳月』上・下（講談社文庫）

肥前佐賀藩の小吏の家に生まれた江藤新平は、政治とは無縁の境遇で育ちますが、長じて、藩主・鍋島閑叟（なべしまかんそう）に書状を上奏して己を売り込み、郡目付に任じられます。卓抜した理論と事務能力の才に恵まれた江藤新平は、法と政治の分野で頭角を現し、江戸鎮台判事などの職を経て、ついに新政府の司法卿（きょう）となります。閑叟に抜擢（ばってき）されてから五年後の三十九歳のときです。

司馬遼太郎は、遅咲きの政治家・江藤新平について大隈重信の言葉を用いて次のように解説します。「江藤には非常の才略がある。とくに非常の雄弁をもち、非常の討論家であった」と。ところが彼は、あまりにも社会での経験が欠けていたのです。大隈は続けてこう述べています。「しかし江藤は群衆心理というものを知らなかった。ひょっとすると物事の筋の正しさを追うあまり、人間というものの何たるかを見忘れるところがあったかもしれない」と厳しく評しているのです。

そんな江藤は、自分の考えが正道であるという一方的な信念から、大蔵大輔・井上馨を辞職に追い込みます。

やがて征韓論をめぐる西郷隆盛と大久保利通の対立を機に、西郷に同調する江藤は、西郷に続いて下野し、佐賀で士族と共に反乱を起こします。この蜂起を明治政府は政府の威権を示す絶好の機会と見なし、江藤を捕え、法を捻じ曲げて極刑に処します。これに対し江藤は、最後まで法を信じ裁判で戦おうとしますが、大久保たちはそれを許しませんでした。本文の言葉を引用すると、「容疑内容について審問し有罪無罪をきめるというような常識ははじめから無視されていた。容疑者が法廷にあらわれる前にその罪をきめ判決文まで作りあげてしまうというすさまじい裁判」により命を落とすのです。

おそらく作者は、明治を代表する政治家・大久保利通と、当代最高の雄弁家・江藤新平を対照的に描くことで、近代の日本人の多様な精神性を描こうとしたのでしょう。またそうすることで、本編は人間の普遍的な悪意や、理想に殉じた者の独特の美学を、鮮明に映し出しているのです。

軍神と称えられた人物の伝記的作品　乃木希典

『殉死』（文春文庫）

日露戦争で第三軍司令官として旅順攻略を指揮し、戦後は学習院院長などを務めた陸軍大将の乃木希典。彼は、明治四十五年（一九一二）七月三十日、明治帝の崩御とともに死を決意します。そして大葬の日に、自邸で妻と共に自ら命を絶つのです。この近代日本における殉死は、世界中に報じられました。日本の貴族による中世的な死の様式に誰もが驚きつつ、ほとんどの国で賞讃されたといいます。

本書は、乃木の生い立ちから、西南戦争・日露戦争などの軍歴、明治天皇から寄せられた信頼、そして陽明学からの教養など、彼の足跡を丁寧に追い、乃木希典の人間像を探っています。

その乃木の幼少期には、一つの興味深いエピソードがあります。彼が暮らした長屋は、その昔、吉良邸に討ち入りした赤穂浪士の武林唯七らが、毛利家に預けられた際に起居していた場所だったというのです。司馬遼太郎はこのことが、「詩人としての

感受性をもっていた少年」に、何らかの精神的な影響を及ぼしたのではないだろうか

と推し量っています。個人の様々な体験や、明治という時代性など、あらゆる角度から乃木希典の内面に迫った伝記的作品です。

正岡子規の魂を受け継ぐ人々
『ひとびとの跫音』上・下（中公文庫）

平明達意な写実的技法で、俳句などの日本語表現に革新をもたらした正岡子規。この物語は、子規の親族やゆかりのあった人々の人生を、作者自身との交流も交えて描いています。中心となるのは、正岡子規の妹・律と養子縁組をした正岡忠三郎と、忠三郎の学友で、社会主義者として活動した詩人の西沢隆二(たかじ)です。

正岡子規の貴重な草稿や手紙等を国会図書館に寄付するなどして大切に保存していた忠三郎は、物語の途中で病に倒れます。西沢隆二は、無欲の友に対する友情と、子規への敬慕の念から、正岡子規全集の刊行に向けて精力的に動き出すのです。

作者は、この隆二の詩的感性と、子規への心酔の心持を次のように説明します。「地にあるもののすべてを美しいと感じたい気分は、いつでも、伸びあがって待ちうけるようにして用意されていた。かれが、子規の詩歌についての鋭敏な鑑賞者であったのは、子規の俳句も短歌も、地上の美しさというものの本質を、路傍に小石でも置いたようなさりげなさでひきだしてくれるためであったといえる」と。地上の美を探究する者、それは正岡子規であり、西沢隆二でもあり、そして司馬遼太郎にもこの美を探る性質は宿っていたのです。だからこそ、子規にまつわる人々の営みを見つめたこの作品には、人間の素朴で、本質的な精神の美が、情趣に富んだ筆法で描き出されているのです。

海を渡った日本人労働者の記録

「木曜島の夜会」（『木曜島の夜会』文春文庫）

明治初期から戦前までオーストラリア大陸とニューギニア島の間にある木曜島に、

日本の紀州熊野の男たちが、高級ボタンの材料となる白蝶貝を採りに出稼ぎに来ていました。司馬遼太郎は、熊野出身の友人の伝手を頼って、和歌山県熊野の老人、宮座鞍蔵と吉川百次の両氏に会い、その当時の仕事と島での生活について話を聞きます。生活苦から危険な仕事に従事せねばならなかった事情や、より多く貝を採った者の喜び、伝説的な男・湊千松の破天荒な生涯など、日本を飛び出した男たちの勇敢な生涯が臨場感豊かに綴られていきます。

そして作品の後半、司馬遼太郎は実際に木曜島を訪れ、現代の島の状況を体感し、また島に暮らす日本の老人・藤井富三郎とも言葉を交わします。作者が実際に目にした、富三郎老人の困窮している者に対する情義のある行いは、すべての日本人が見習うべきものといえるでしょう。歴史とは、有り触れた人々の決意と行動によって紡がれている、そんな哲理が静かに語られている記録文学の名作です。

司馬遼太郎で読む「幕末・明治」

1853	嘉永6	ペリー、浦賀に来航
1856	安政3	吉田松陰、萩で松下村塾を主宰『世に棲む日日』
1858	5	井伊直弼、大老に。安政の大獄はじまる
1860	万延元	桜田門外の変
1862	文久2	坂本竜馬、土佐藩を脱藩『竜馬がゆく』
		寺田屋事件(寺田屋騒動)
		松平容保、京都守護職に
1863	3	近藤勇、土方歳三らが新選組を結成
		『燃えよ剣』『新選組血風録』
		下関事件。高杉晋作らが奇兵隊を編成
1864	元治元	池田屋事件
		禁門の変
		第一次長州征伐。高杉晋作、挙兵
1866	慶応2	薩長同盟成立
		寺田屋事件(竜馬襲撃事件)
		徳川慶喜、征夷大将軍に『最後の将軍—徳川慶喜—』
1867	3	大政奉還

		竜馬、暗殺
1868	明治元	鳥羽伏見の戦い。戊辰戦争はじまる『胡蝶の夢』
		奥羽列藩同盟、成立。河井継之助、敗死『峠』
		江戸を東京と改称し、明治に改元
		箱館五稜郭の戦い
1869	2	土方歳三敗死。戊辰戦争終結
		大村益次郎、暗殺『花神』
1874	7	佐賀の乱『歳月』
1877	10	西南戦争。西郷隆盛、敗死『翔ぶが如く』
1878	11	大久保利通、暗殺
1889	22	大日本帝国憲法、公布
1894	27	日清戦争はじまる
1895	28	日清講和条約、締結。三国干渉
1897	30	正岡子規ら、俳句雑誌「ホトトギス」を創刊『ひとびとの跫音』
1902	35	正岡子規、没
1904	37	日露戦争はじまる『坂の上の雲』
1905	38	日本海海戦。ポーツマス条約調印
1912	45	明治天皇、崩御。大正に改元『殉死』
1914	大正3	第一次世界大戦開始『木曜島の夜会』

司馬遼太郎 おすすめ読書コース

日本のかたち

エッセイ、対談、講演、紀行など様々な舞台で、歴史や文明、人間について発信し続けた司馬遼太郎。「司馬遼太郎が考えたこと」を理解するための代表作を紹介します。

司馬遼太郎が考えたこと

P78

司馬遼太郎が40年以上にわたる創作活動で執筆したエッセイ等を年代順に収録。司馬遼太郎を俯瞰できる、読み応えたっぷりの集大成シリーズ（全15巻）です。

街道をゆく

P80

1971年から亡くなるまでの25年間書き継がれた、まさにライフワークともいえる紀行シリーズ。小説執筆時の心境なども綴られており、小説を楽しむ助けにもなります。

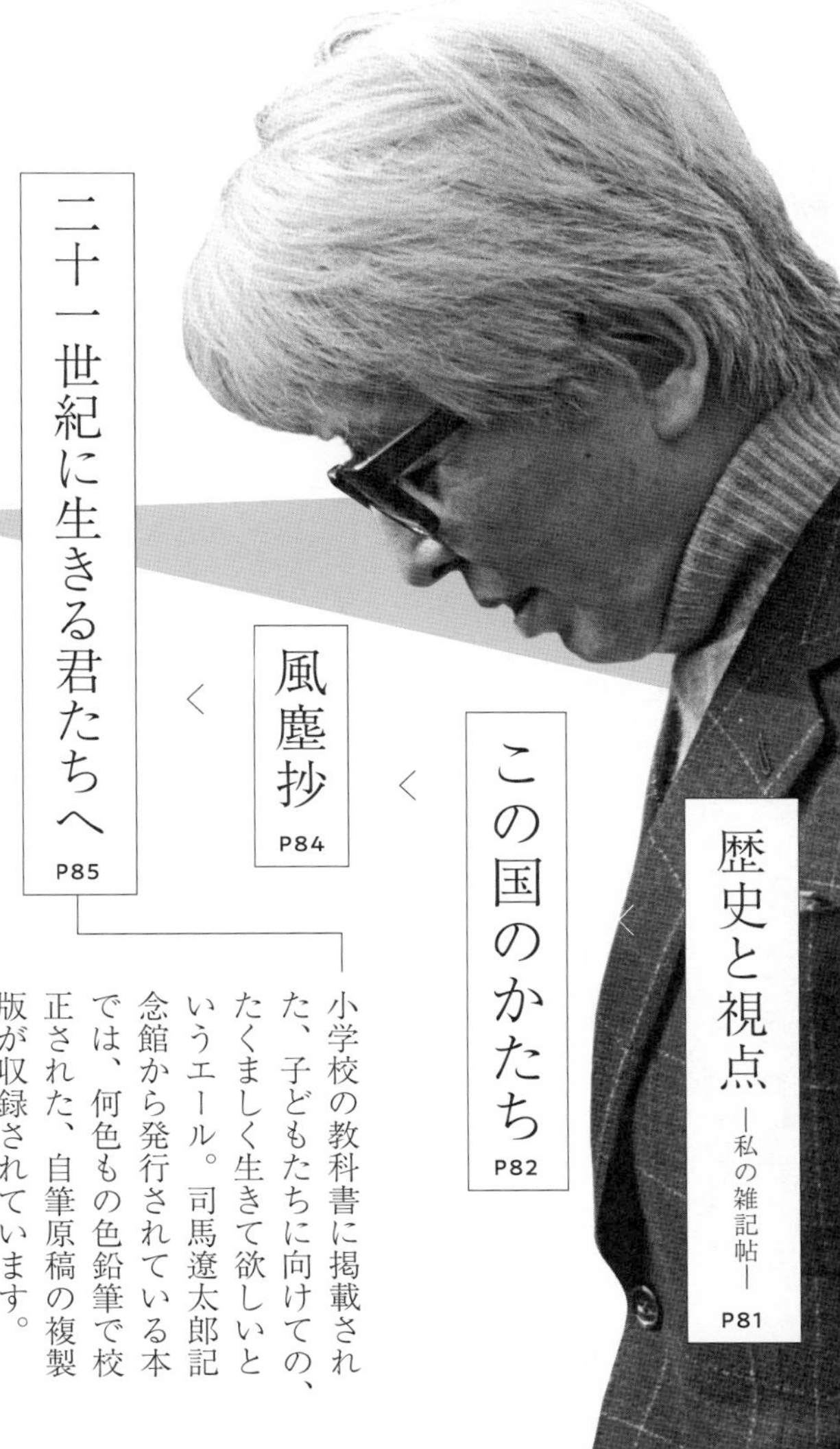

歴史と視点 ―私の雑記帖―

P81

この国のかたち

P82

風塵抄

P84

二十一世紀に生きる君たちへ

P85

小学校の教科書に掲載された、子どもたちに向けての、たくましく生きて欲しいというエール。司馬遼太郎記念館から発行されている本では、何色もの色鉛筆で校正された、自筆原稿の複製版が収録されています。

歴史・文明・人間について思索した随筆の集大成

『司馬遼太郎が考えたこと』1〜15（新潮文庫）

この全十五巻の叢書（そうしょ）は、司馬遼太郎による小説、対談、講演、長編の紀行文等を除き、新聞、雑誌、単行本等に執筆した随筆的な文章の初出掲載分を、発行順に配列したものです。

『国盗（くにと）り物語』『竜馬がゆく』『燃えよ剣』『坂の上の雲』など、作者の代表作にまつわる創作秘話や、世界を巨細（こさい）に眺めて語られる歴史観と文明批評、土地に生きる人々の豊饒（ほうじょう）な生活風景等が至妙の筆致で綴（つづ）られています。

その一部を紹介すると、第一巻収録の「それでも、死はやってくる」は、戦争中、死の恐怖に囚（とら）われた司馬遼太郎が、恩師との再会によって救われる、青春の一幕を描いています。司馬遼太郎は、親鸞（しんらん）の思想・信仰を伝えた『歎異抄（たんにしょう）』を読み、不安からの救いを探しますが見つけることはできませんでした。その後、彼は念仏行者であった中学時代の恩師のもとを訪れ、師の語る念仏の解釈によって、今までとは違った世界（仏教語でいう真如）を知り、自分が、大きなものから生かされている歓びと安堵を感じるようになるのです。

迷える若者に、恩師が心の安らぎを教えるという、まるで司馬作品の一場面のようなエピソードといえるでしょう。本シリーズには、このような哲学的なテーマを判り易く解き明かし、滋味溢れる言葉で伝えたエッセイが数多く収録されているのです。

この他にも「一つの錬金機構の潰え――君子ハ為サザルアリ」（八巻収録）では、昭和を代表する政治家・田中角栄が行った功罪、中国との国交回復と、土地を投機の対象にしてしまったこと、について持論を述べています。

またシルクロード紀行「天山の麓の緑のなかで」（十巻収録）では、古代民族スキタイの生活様式についての想像にはじまり、実際に西域を訪れたときの感動を、歴史への深い洞察とともに著しています。

そして、神戸のタウン誌に掲載された「世界にただ一つの神戸」（十五巻収録）では、阪神・淡路大震災で被災された人々に向けて、震災時の冷静で秩序立った行動への尊敬の思いと、市民の優しい心根を象徴したような美しい都市・神戸は必ず甦る、という心からの励ましのメッセージを綴っています。

土地と人々の歴史に思いを馳せる紀行シリーズ

『街道をゆく』1〜43（朝日文庫）

本作は、北海道から沖縄まで、司馬遼太郎が全国津々浦々を歩き、土地と人々の歴史に思いを馳せた、全四十三巻に及ぶライフワークともいうべき紀行シリーズです。日本全国はもちろんのこと、韓国やモンゴル、台湾、そして遥々欧米にも足を伸ばしています。

第六巻『沖縄・先島への道』では、司馬遼太郎は沖縄と沖縄の人々への思いを、率直に語っています。沖縄は、「独自の神話をもち独自の古典をもち、さらには世界のどの民族にも誇りうる民俗文化をもっている以上、他から堂々たる独立圏としての尊重と尊敬を当然うける権利をもっている」と明言します。地域に暮らす人々と、彼らの歴史、文化への敬意を決して忘れぬ、作者らしい情のこもった言葉といえるでしょう。

また第十六回新潮日本文学大賞学芸部門を受賞した第二十二巻『南蛮のみちⅠ』で

は、フランスとスペインの国境にあるピレネー山脈を故郷とする少数民族のバスク人に会うため、作者は現地に飛びます。バスクの人々のバスク語に対する強いこだわりに人間の生命の証（あかし）のようなものを感じ、同時にフランスやスペインと対峙（たいじ）した少数民族の複雑な歴史的背景にも思いを巡らせます。また、日本に最初にキリスト教をもたらしたバスク人の宣教師フランシスコ・ザヴィエルの思想と、出生地の歴史、風土との関連性についても想像の翼を広げ説き及んでいます。

戦争や権力者を見据えた歴史随想

『歴史と視点―私の雑記帖―』（新潮文庫）

あまり戦時中の体験を書き残さなかった司馬遼太郎ですが、本書には戦車隊員時代の心情や、太平洋戦争への自身の考えを述べた、貴重なエッセイが収められています。「大正生れの『故老』」では、日本は地理的に対外戦争などできる国ではないという認識を国民の常識として広めていくべきではないか、と改めて世の中に問いかけます。

また「戦車・この憂鬱(ゆううつ)な乗物」では、オモチャのような性能にもかかわらず、頑丈そうな戦車の写真だけを見て、勝利の幻想を抱いた日本人へのやりきれない思いと本音が綴られています。

他にも、権力の実態と外装をテーマに、漢の劉邦(りゅうほう)や、江戸時代の徳川家康、明治時代の山県有朋など、多くの権力者たちが腐心した、統治機構の権威的な装飾について鋭く論じた「権力の神聖装飾」など、全十編の歴史随想が収録されています。

この国の成り立ちと日本人の特性を探った画期的な歴史評論集

『この国のかたち』一〜六（文春文庫）

全六巻（未完）のシリーズの第一回「この国のかたち」で、司馬遼太郎は、外から入ってきた情報や思想が、日本の成り立ちに大きく影響を与えたことを叙述します。

六、七世紀に、隋(ずい)唐から伝えられた律令(りつりょう)制度が、日本の国家体制の成立の土台となったことや、十九世紀の列強諸国からの外圧と様々な情報が、結果的に日本を明治維新に駆り立てたことなどです。思想については、宗教や学問書などの書物の流入を挙げており、その詳細については別項を設けて説明しています。

この他、四巻「統帥権(全四回)」の項では、まず統帥権とは、軍隊を統べひきいる全軍の最高指揮権で、江戸時代には将軍がもっていたと説明します。その後、戊辰戦争から西南戦争のころに軍隊の統帥権が曖昧になり、昭和初期において、統帥権、そして統帥機関(陸軍は参謀本部、海軍は軍令部)は、三権(立法・行政・司法)から独立し、超越するとまで考えられるようになってしまったとその変化を記しています。司馬遼太郎は、複雑な近代の政治・軍事の推移を凝視し、深く考え、統帥権とは如何なるものだったのかを、誰もが理解できるように解説しているのです。

また五巻「神道(全七回)」の項では古代、自然を尊び神々としていた日本の神道が、それ以降の日本人にどう受け止められてきたのかを考察します。日本に仏教が入り受容されたことの影響、伊勢神宮と庶民との結びつき、弓矢・武道の神、八幡神と清和源氏との関わり、江戸後期の国学者・平田篤胤による体系化の動きなど、神道の歴史的変遷を丁寧に追っています。

本シリーズは、この国の思想や文化、工芸、政治等々について、作者には珍しく昭和の時代にも踏み込んで論考した、画期的な歴史評論集です。

平易な文体で描かれたエッセイ集

『風塵抄』『風塵抄　二』（中公文庫）

本作は、司馬遼太郎が風塵（ふうじん）（世間のいとなみ）について短い分量、平易な文体で、より多くの人々に向けて著したエッセイ集です。

「差別」の項では、司馬遼太郎の素直な思いが語られています。「差別ほどうすぎたないものはない。よほど自己に自信がないか、あるいは自我の確立ができていないか、それとも自分についての春の海のようにゆったりとした誇りをもてずにいるか、どちらかにちがいない」と、そう述べた上で、オランダの小学校の差別否定教育や、ヨーロッパ諸国の差別撤廃のための努力を取り上げています。

また「日本的感性」の項では、安らぎや楽しさで人々を包み込むのが日本的な感性の特徴だと説き、芸術や工芸品など実例を挙げて紹介しています。「平和」の項では、平和とは、ときに善と悪が二律背反せざるを得ないことを、平成二年（一九九〇）の湾岸戦争を題材に解説します。

司馬遼太郎が子どもたちに送ったエール

『二十一世紀に生きる君たちへ』（司馬遼太郎記念館）

このエッセイは、小学校の国語の教科書に掲載された、未来を生きる子どもたちに向けて書かれたものです。

司馬遼太郎は最初に、人間は、空気と水、他の動植物、微生物にいたるまでの不変なる自然によって生かされてきたと告げます。

そして自然への尊敬を心がけながら、「自分にきびしく、相手にはやさしい」自己を確立すべきだと語ります。

相手をいたわる感情をはぐくみ、他人の痛みが感じられる心を養うことで、自己が確立され、たのもしい君たちに成長できると伝えているのです。

未来に生きるすべての子どもたちへ、たくましく生きてほしいという願いを込めて執筆された、司馬遼太郎によるエールの手紙です。

文庫で読める

司馬遼太郎作品

2021.1現在
※は電子書籍もあり
＊は重複収録

【新潮文庫】

梟の城※
風神の門（全二冊）※
国盗り物語（全四冊）※
新史　太閤記（全二冊）※
関ケ原（全三冊）※
城塞（全三冊）※
覇王の家（全二冊）※
燃えよ剣（全二冊）
峠（全三冊）※
花神（全三冊）※
胡蝶の夢（全四冊）※
項羽と劉邦（全三冊）※
人斬り以蔵※
（＊鬼謀の人／＊人斬り以蔵／＊割って、城を／＊おお、大砲／＊言い触らし団

右衛門／＊大夫殿坂／美濃浪人／＊売ろう物語）

果心居士の幻術※
（＊果心居士の幻術／＊飛び加藤／＊壬生狂言の夜／八咫烏／朱盗／＊牛黄加持）

馬上少年過ぐ※
（＊英雄児／慶応長崎事件／喧嘩草雲／馬上少年過ぐ／重庵の転々／城の怪／貂の皮）

歴史と視点※

アメリカ素描

草原の記※

司馬遼太郎が考えたこと（全十五冊）

【朝日文庫】

街道をゆくシリーズ　※すべて電子あり

①湖西のみち、甲州街道、長州路ほか　②韓のくに紀行　③陸奥のみち、肥薩のみちほか　④郡上・白川街道、堺・紀州街道ほか　⑤モンゴル紀行　⑥沖縄・先島への道　⑦甲賀と伊賀のみち、砂鉄のみちほか　⑧熊野・古座街道、種子島みちほか　⑨信州佐久平みち、潟のみちほか　⑩羽州街道、佐渡のみち　⑪肥前の諸街道　⑫十津川街道　⑬壱岐・対馬の道　⑭南伊予・西土佐の道　⑮北海道の諸道　⑯叡山の諸道　⑰島原・天草の諸道　⑱越前の諸道　⑲中国・江南のみち　⑳中国・蜀と雲南のみち　㉑神戸・横浜散歩、芸備の道　㉒南蛮のみちⅠ　㉓南蛮のみちⅡ　㉔近江散歩、奈良散歩　㉕

中国・閩のみち　㉖嵯峨散歩、仙台・石巻　㉗因幡・伯耆のみち、檮原街道　㉘耽羅紀行　㉙秋田県散歩、飛騨紀行　㉚愛蘭土紀行Ⅰ　㉛愛蘭土紀行Ⅱ　㉜阿波紀行、紀ノ川流域　㉝白河・会津のみち、赤坂散歩　㉞大徳寺散歩、中津・宇佐のみち　㉟オランダ紀行　㊱本所深川散歩、神田界隈　㊲本郷界隈　㊳オホーツク街道　㊴ニューヨーク散歩　㊵台湾紀行　㊶北のまほろば　㊷三浦半島記　㊸濃尾参州記

街道をゆく　夜話

春灯雑記

対談集　日本人の顔

対談集　東と西

対談集　日本人への遺言

宮本武蔵

時代の風音〈堀田善衞・宮崎駿共著〉

司馬遼太郎全講演（全五冊）

司馬遼太郎からの手紙（全二冊）　週刊朝日編集部編

司馬遼太郎　旅のことば　朝日新聞出版編

司馬遼太郎の街道（全三冊）　週刊朝日編集部編

【角川文庫】

新選組血風録

北斗の人

豊臣家の人々

尻啖え孫市（全二冊）

司馬遼太郎の日本史探訪

【講談社文庫】

歳月（全二冊）※

王城の護衛者※
〈王城の護衛者／加茂の水／＊鬼謀の人／＊英雄児／＊人斬り以蔵〉

俄―浪華遊侠伝―（全二冊）※

北斗の人（全二冊）※

妖怪（全二冊）※

尻啖え孫市（全二冊）※

播磨灘物語（全四冊）※

日本歴史を点検する〈海音寺潮五郎共著〉

おれは権現※
〈愛染明王／おれは権現／助兵衛物語／覚兵衛物語／若江堤の霧／信九郎物語／＊けろりの道頓〉

真説宮本武蔵※
〈真説宮本武蔵／＊京の剣客／千葉周作／上総の剣客／越後の刀／奇妙な剣客〉

風の武士（全二冊）※

戦雲の夢※

軍師二人※
〈＊雑賀の舟鉄砲／＊女は遊べ物語／嬖女守り／＊雨おんな／＊一夜官女／＊侍大将の胸毛／＊割って、城を／軍師二人〉

大坂侍※
〈和州長者／難波村の仇討／法駕籠のご寮人さん／盗賊と間者／泥棒名人／大坂侍〉

最後の伊賀者※
（*下請忍者／*伊賀者／*最後の伊賀者／*外法仏／天明の絵師／蘆雪を殺す／*けろりの道頓）
箱根の坂（全三冊）※
アームストロング砲※
（薩摩浄福寺党／倉敷の若旦那／五条陣屋／*壬生狂言の夜／侠客万助珍談／斬ってはみたが／*大夫殿坂／理心流異聞／アームストロング砲）
歴史の交差路にて　日本・中国・朝鮮〈陳舜臣・金達寿共著〉
国家・宗教・日本人〈井上ひさし共著〉

【光文社文庫】
城をとる話

侍はこわい
（権平五千石／豪傑と小壺／狐斬り／*忍者四貫目の死／みょうが斎の武術／庄兵衛稲荷／侍はこわい／ただいま十六歳）
司馬遼太郎と城を歩く
司馬遼太郎と寺社を歩く

【集英社文庫】
歴史と小説
手掘り日本史

【小学館文庫】
歴史の夜咄　対談〈林屋辰三郎共著〉

【ちくま文庫】

幕末維新のこと
明治国家のこと

【中公文庫】

韃靼疾風録（全二冊）※
言い触らし団右衛門
（＊言い触らし団右衛門／岩見重太郎の系図／＊売ろう物語／＊雑賀の舟鉄砲／＊おお、大砲）
豊臣家の人々※
空海の風景（全二冊）※
花の館・鬼灯
ひとびとの跫音（全二冊）※
一夜官女
（＊一夜官女／＊雨おんな／＊女は遊べ物語／＊京の剣客／＊伊賀の四鬼／＊侍大将の胸毛）
新選組血風録※
（油小路の決闘／芹沢鴨の暗殺／長州の間者／池田屋異聞／鴨川銭取橋／虎徹／前髪の惣三郎／胡沙笛を吹く武士／三条磧乱刃／海仙寺党異聞／沖田総司の恋／槍は宝蔵院流／弥兵衛奮迅／四斤山砲／菊一文字）
花咲ける上方武士道※
微光のなかの宇宙　私の美術観
歴史の世界から
歴史の中の日本
風塵抄（全二冊）
ある運命について
古往今来
長安から北京へ

人間の集団について　ベトナムから考える
歴史の舞台　文明のさまざま
十六の話
世界のなかの日本　十六世紀まで遡って見る〈ドナルド・キーン共著〉
日本人と日本文化　対談〈ドナルド・キーン共著〉
土地と日本人　対談集
人間について　対談〈山村雄一共著〉
日本語と日本人　対談集
日本人の内と外　対談〈山崎正和共著〉
日本人の原型を探る　司馬遼太郎歴史歓談Ｉ
二十世紀末の闇と光　司馬遼太郎歴史歓談Ⅱ

司馬遼太郎の跫音　司馬遼太郎他
司馬遼太郎　歴史のなかの邂逅（全八冊）

【ＰＨＰ文芸文庫】
人間というもの
戦国の女たち
（＊女は遊べ物語／北ノ政所／＊侍大将の胸毛／＊胡桃に酒／＊一夜官女／駿河御前）
戦国の忍び
（＊下請忍者／＊忍者四貫目の死／＊伊賀者／＊伊賀の四鬼／＊最後の伊賀者）

【文春文庫】
竜馬がゆく（全八冊）※

坂の上の雲（全八冊）※
翔ぶが如く（全十冊）※
菜の花の沖（全六冊）※
世に棲む日日（全四冊）※
功名が辻（全四冊）※
義経（全二冊）※
十一番目の志士（全二冊）※
夏草の賦（全二冊）※
故郷忘じがたく候※
（故郷忘じがたく候／斬殺／＊胡桃に酒）
殉死※
木曜島の夜会※
（木曜島の夜会／有隣は悪形にて／大楽源太郎の生死／小室某覚書）
最後の将軍　徳川慶喜※

ペルシャの幻術師※
（ペルシャの幻術師／戈壁の匈奴／兜率天の巡礼／＊下請忍者／＊外法仏／＊牛黄加持／＊飛び加藤／＊果心居士の幻術）
幕末※
（桜田門外の変／奇妙なり八郎／花屋町の襲撃／猿ケ辻の血闘／冷泉斬り／祇園囃子／土佐の夜雨／逃げの小五郎／死んでも死なぬ／彰義隊胸算用／浪華城焼打／最後の攘夷志士）
大盗禅師※
酔って候※
（酔って候／きつね馬／伊達の黒船／肥前の妖怪）
花妖譚※

（森の美少年／チューリップの城主／黒色の牡丹／烏江の月　謡曲「項羽」より／匂い沼／睡蓮／菊の典侍／白椿／サフラン／蒙古桜）
この国のかたち（全六冊）※
以下、無用のことながら※
歴史を紀行する※
余話として※
ロシアについて　北方の原形※
手掘り日本史※
歴史と風土※
日本人を考える　対談集
歴史を考える　対談集
対談　中国を考える※〈陳舜臣共著〉
八人との対話　対談集
西域をゆく〈井上靖共著〉

司馬遼太郎の世界　文藝春秋編
司馬遼太郎対話選集（全十冊）

コラム

司馬遼太郎と「映画」

縄田一男

　恐らく司馬遼太郎作品の映像化の中で最も鮮烈に人々の脳裡に刻まれているのは二本のテレビドラマ「新選組血風録」（NET＝現テレビ朝日、東映／1965～66年）、「燃えよ剣」（NET＝現テレビ朝日、東映／70年）における土方歳三＝栗塚旭、沖田総司＝島田順司、近藤勇＝舟橋元という不動の三人の姿ではあるまいか。この二作は、上映会、ビデオ、DVDによってあらゆる年齢層を超えて、多くの人々に愛されている。監督は河野寿一、佐々木康、松尾正武ら、そして脚本は一貫して結束信二が手がけ、原作に加えてオリジナルストーリーの回も抜群の冴えを示している。それは、「血風録」と「燃えよ剣」のオリジナル部分をまとめて、結束信二が小説『慶応四年新選組』をものしていることからも了解されよう。

　さて、『血風録』の映像化は、司馬遼太郎にとって苦い思い出がつきまとっていた。テレビ作品化に先立つこと二年、東映は「新選組血風録　近藤勇」（監督小沢茂弘、主演市川右太衛門／63年）を封切っていた。しかしこの作品は、題名にあるように、原作が土方歳三の視点から描かれているにもかかわらず、右太衛門演じる近藤を中心に描いており、司馬を激怒させていたのだ。映画とテレビは違うからとテレビドラマ化の交渉に行ったプロデューサーらの説明に首を縦にふらぬ司馬を納得させるべく、最後の手段として、栗塚に土方の扮装をさせて見せると、さんざん渋っていた作者が「あ、土方だ」といってようやく事なきを得たという話が伝わっている。なお、このドラマ二作品でもう一人欠かせないのが、「血風録」では斎藤一を、「燃えよ剣」では新選組の語り部的な存在である裏通り先生という医師を演じた左右田一平であろう。栗塚は、映画「燃えよ剣」（監督市村泰一、松竹／66年）にも出演しており、映画化作品は池田屋騒動をラストにし、原作と違って、土方と宿敵七里研之助（内田良平）との対決をここに持ってきている。また、『血風録』のエピソードに取材した作品に「御法度」（監督大島渚、主演ビートたけし、松田龍平、松竹ほか製作、松竹配給／99年）がある。

司馬作品の映画化が集中してはじまるのが63年からであり、直木賞受賞作がさっそく「忍者秘帖　梟の城」（監督工藤栄一、主演大友柳太朗、東映）として製作されており、脚本は池田一朗、すなわち、後の隆慶一郎である。

なお、池田一朗が携ったもう一本の司馬原作の映画が「城取り」（監督舛田利雄、主演石原裕次郎、石原プロ製作、日活配給／65年）であり、原作は『城を取る話』。映画化作品では初めて時代劇に挑戦する裕次郎と剣豪スター近衛十四郎との激突が見ものだった。なお、「城取り」の主人公は、隆慶一郎の『一夢庵風流記』のモデルとして再びよみがえることになる。

加えて、64年には司馬作品の映画化作品が二本封切られている。「風の武士」（監督加藤泰、主演大川橋蔵、東映）と「暗殺」（監督篠田正浩、主演丹波哲郎、松竹）である。「風の武士」は東映城の異端児、加藤泰が放つ伝奇ロマンの秀作でとかく類型に陥りがちな東映時代劇に飽きたファンを大いに沸かせた。「暗殺」は、作品集『幕末』に収録された「奇妙なり八郎」の映画化で、清河八郎を主人公としたもの。丹波のいかにも山師的かつ風格に満ちた風貌は、清河の策士的それと良く合っており、清河を暗殺する佐々木唯三郎を木村功が演じて、司馬作品の映画化作品でも上位にランクする逸品。それだけに同じ監督による「梟の城」（主演中井貴一、東宝ほか／99年）は、これがあの「暗殺」を撮った人の作品かと思うほどの凡作であった。

ここで司馬遼太郎作品の映画化に乗り遅れていた大映も、66年に、短篇作品をもとにした「泥棒番付」（監督池広一夫、主演勝新太郎）で、切れ味の良いところを見せる。池広一夫の演出は、従来の白浪（しらなみ）ものの枠を打ち破り、どこかモダンな味わいを見せていた。

　勝新太郎は、生涯三本の司馬遼太郎の映画化作品に出演しているが、「泥棒番付」に続く二本目は「人斬り（き）」（監督五社英雄、フジテレビ、勝プロ製作、大映配給／69年）である。この作品は厳密にいえば司馬遼太郎の原作ではなく、原案であり、作品は、短篇「人斬り以蔵」をもとにしてつくられている。勝新太郎は岡田以蔵、仲代達矢が武市半平太（たけちはんぺいた）、石原裕次郎が坂本竜馬役で一シーン登場し、三島由紀夫が田中新兵衛として出演。新兵衛切腹のシーンは三島が自ら演出したという。

　加えて同じ69年、勝新太郎は「尻啖え（しりくら）孫市」（監督三隅研次、大映）に出演する。主人公の紀州雑賀（さいか）党の若き領主、雑賀孫市を演じるのが中村錦之助（きんのすけ）（萬屋（よろずや）錦之介）、勝新太郎は織田信長という配役。この作品はもともと中村錦之助と市川雷蔵の競演ということで企画されたものであったが、雷蔵が急死したため、急きょ勝新太郎の出演ということで製作された。古巣の東映が時代劇をつくらなくなったため、久々の劇場用時代劇とあって、錦之助も実に気持ち良さそうに孫市を演じていた。

　そして中村錦之助は、翌70年、『竜馬がゆく』を原案とした「幕末」（監督伊藤大輔、中村プロ製作、東宝配給）に竜馬役で出演、吉永小百合が竜馬の妻お良を、仲代達矢が中岡慎太郎を、それぞれ演じた。「人斬り」「幕末」等、堂々たる大作の登場は、勝プロ、中村プロといったいわゆるスタープロの台頭と軌を一にしたもの。巨匠伊藤大輔は、この映画が最後の監督作品であり、この後、主要な活動場所を舞台に求めていく。

　そして近年、映画特に時代劇映画がつくりにくくなって来ると、失敗は許されず、一社でつくるということはまずなくなってきた。大作「関ヶ原」（監督原田眞人（まさと）、東宝ほか／２０１７年）は、壮大なスケールで関ヶ原合戦を描いており、石田三成が岡田准一、徳川家康が役所広司。

　そして、この原稿を書いている、20年12月現在、司馬遼太郎原作の映画化作品が二本公開待機となっている。「関ヶ原」の二人、役所広司と岡田准一がそれぞれ、主演をつとめた「峠　最後のサムライ」と「燃えよ剣」である。

「峠　最後のサムライ」は、名匠、小泉堯史（たかし）がメガホンをとり、河井継之助（つぎのすけ）を役所広司、その妻おすがを松たか子、前藩主の牧野忠恭（ただゆき）を仲代達矢、継之助の母お貞を香川京子という配役。『峠』はこれまで映画、テレビともに一度も映像化されていない作品なので、公開が待たれる。

一方原田眞人監督による「燃えよ剣」は、「峠」と違い、これまで、何度も映像化されてきた作品。主演の土方歳三役の岡田准一は、「散り椿(つばき)」（監督木村大作、東宝ほか／18年）で殺陣(たて)巧者ぶりを見せてくれただけに、今回の土方役が楽しみだ。そして歳三の恋人お雪に柴咲コウ、近藤勇に鈴木亮平、沖田総司に山田涼介という配役。

この二作が、単に司馬遼太郎ブームというだけでなく、不振が続く時代劇映画の起爆剤となることを願ってやまない。

なわた・かずお
一九五八年東京生まれ。文芸評論家。歴史・時代小説を中心に文芸評論を執筆。著書に『時代小説の読みどころ』『捕物帳の系譜』など。『親不孝長屋』『七つの忠臣蔵』ほか編者を務めたアンソロジーも多数。

人生に効く！
司馬遼太郎の名言

斎藤道三、織田信長、坂本竜馬、土方歳三、河井継之助、秋山好古・真之兄弟、正岡子規……。独自の史観と優れた人間洞察で、日本とは何か、日本人とはなにかを問い続けた国民的作家司馬遼太郎。その作品に登場する人物のセリフは名言にあふれている。司馬の小説やエッセイに登場する、激動の現代に「この国のかたち」を考えるための道しるべとなるべき名言を紹介しよう。

■小説の名言

□『国盗り物語』の名言——道三、信長、光秀、国盗りに挑んだ男たち

世は、戦国の初頭。京都妙覚寺の法蓮房は学僧でありながら、「九天に在す諸仏諸菩薩のごとく荘厳」な真の悪人になって天下を取る野望があった。俗名は松波庄九郎、後の斎藤道三である。智恵と野望があっても銭がない。手始めに京の油問屋奈良屋に婿入りし、富を手中にする。油の行商をしながら諸国を廻り、美濃ノ国に目をつけた。策謀の限りを尽くし、やがて美濃一国を盗み取る。庄九郎の言動には、野望実現のためなら、盗むも殺すも正義という、独特の信念があった。

松波庄九郎（斎藤道三）の名言

時代のみがわしの主人だ。時代がわしに命じている。その命ずるところに従って、わしは動く

『国盗り物語（二）』

庄九郎は、妻のお万阿（まあ）に「国を盗りにゆく」と告げて、美濃へ向かった。美濃では国主・土岐政頼（ときまさより）と弟頼芸（よりよし）の間で跡目争いがあり、いまだ火種が燻（くすぶ）っていた。庄九郎は頼芸に仕官し、巧妙に内部分裂を引き起こす。頼芸を国主に押し上げ、土岐家の家老に納まった庄九郎は、周到に自らの勢力を拡大し、いよいよ国盗りを画策する。敵方は主筋ではないかと言うお万阿に、庄九郎は語って聞かせる。「なるほど、世間の流儀でいえば主筋だ。しかしお万阿も心得ておけ、この庄九郎には、本来、主人などはない」。庄九郎の主人は〝時代〟という天の力のみ。その天命に従って国を盗み取るのは、彼にとって明確な正義だった。

斎藤道三の名言

やがておれの子等は、あのたわけ殿の門前に馬をつなぐことだろう

『国盗り物語（三）』

庄九郎改め、斎藤道三は美濃国主の座に就いた。国盗りを志して二十年、既に齢五十に近く、老いを感じていた。尾張の織田信秀との和睦のため、信秀の嫡男・信長に娘の帰蝶（濃姫）を嫁がせる。尾張富田の聖徳寺で信長と会見した道三は、「いずれ美濃は、この男にひれふすことになる」と直感する。〃うつけ〃と評される信長の振る舞いに、世の中を覆す天才を見いだしたのだ。そして、時勢が変わってゆくことを痛切に感じた。自分の人生は暮れようとしている。天下取りの野望も遂げられそうにない。道三は自分の志を「信長に継がせたい」と思い始める。

織田信長の名言

名を挙げ家を興すはこの一戦にあるぞ。みな、奮え

『国盗り物語（三）』

織田信秀が没した後、家臣、一族の内紛を収め、信長は尾張半国を掌中にした。次に目指すは、義息・義竜に討たれた道三の復仇戦だ。しかし、駿府の今川義元が尾張侵攻を開始した。その兵力は二万五千、対する織田軍は四千程度だった。圧倒的な兵力差に織田家の重臣たちは籠城をすすめるが、信長は城から出て戦うことを選ぶ。「人間、一度死ねば二度とは死なぬ。このたびは、おれに命をくれい」。熱田神宮で戦勝を祈願した信長は、檄を飛ばす。義元は丸根・鷲津の砦攻めに兵をさき、五千の親衛隊と大高城に向かった。途中、今川軍は田楽狭間でのんびりと昼食を取り始めた。この知らせを受けた信長は馬上の身を翻し、敵の本陣に突撃する旨を明示する。「目的は全軍の勝利にあるぞ。各自の功名にとらわれるな。首は挙ぐべからず、突き捨てにせよ」。先頭を駈ける大将の雄姿に、兵たちは奮い立ったに違いない。

明智光秀の名言

人間としての値うちは、志を持っているかいないかにかかっている

『国盗り物語（四）』

斎藤道三が目をかけた人物がもう一人いた。正妻・小見の方の甥、明智十兵衛光秀である。道三の没後、浪人して、足利義昭を次の将軍にすべく奔走していた。光秀には、美濃の土岐源氏を代表する明智氏の出であるという自負があった。天下を動かすような機軸を独力で創り上げたい――。これが光秀の志だった。足利幕府再興の大志のため、光秀は織田信長に仕える。師と仰ぐ道三が才幹を認め、初恋の相手の濃姫を娶った男、信長。その下で信長の才気と狂気に触れ、光秀の心はいつも波立っていた。信長の介添えによって義昭は征夷将軍に任じられ、光秀の大願は成就する。しかし、信長にとって義昭は捨て駒に過ぎなかった。道三の二人の弟子の志は、あまりにも違い、相容れないものだった。義昭か信長か、光秀は両者の間で苦悩することになる。

□『功名が辻』の名言――婦唱夫随で立身出世、土佐一国の大名となる

戦国の世。織田信長の家臣・山内伊右衛門一豊は馬廻役五十石の軽輩で、粗末な具足に剝げ槍を抱え、「ぼろぼろ伊右衛門」と呼ばれていた。律儀者だが凡庸で才気はなく、武勇も知略もさっぱりの一豊を英雄に仕立てたのは、妻・千代の導きだった。千代はつねに物事を良いほうに考える。運、不運はしょせん「事」の裏表。裏目が出たら翻転させればいい。陽気な笑顔で夫を励まし、逆境にあっても明るさを失わない。いつも前向きな千代の言葉が一豊を奮い立たせる。

千代の名言

およばずながら、山内伊右衛門一豊様が、一国一城のあるじになられますまで、千代が懸命にお助けいたします

『功名が辻（一）』

結婚したばかりの一豊は新妻の千代に「一国一城の主になりたい」と語る。千代は

すかさず、「一豊様は、なれます」と断定した。そして、一豊はその器であると力説する。男の自惚れを上手に刺激して、その気にさせる——。賢い千代の機知だった。千代が嫁ぐ時、母の法秀尼から、「子どもを育てるように夫を育てよ」と教えられた。千代は一豊を城主の器に育てると心に決めたのだ。一豊も千代と約束を交わす。「生涯、仇し女に心を寄せぬ。そのかわり、千代と心を一つにして一国一城のあるじになろう」。この日、一豊と千代は心を合わせて功名への道を歩き始める。

千代の名言

そのお傷で、男ぷりがいちだんとあがられたと思いましただけ

『功名が辻（一）』

千代は一豊の長所を伸ばすことに専念した。内向的な一豊を勇気づけるには、おだてるに限る。越前金ケ崎の戦いで、一豊は矢を頬に射込まれる大怪我を負う。矢が刺さったまま闘い抜いた一豊は、二百石に加増された。屋敷に戻った一豊の顔を見つめ

て、千代は男ぷりがあがったとしきりにほめる。そして、「きっと御開運のお傷でございましょう」ともう一押し。さらに千代が加増を祝福すると、一豊は、「いやいや、千里を征くものは、これしきの小成によろこんではならぬ」と鼻高々になり、おのれを千里を征く英雄と思い込んでしまう。一豊は実直ゆえに、おだてに乗りやすかった。おだてられれば、七の能力の者も自信を得て、十ほどの力を出すこともあるのだ。

山内一豊の名言

いや、女運（にょうん）ということがある。連れそう女房の持ってうまれた運の光で男の一生は左右されるのだという。そういえば、おれのような者は当代まれな運をもっている

『功名が辻（四）』

徳川方について関ヶ原を戦った一豊が凱旋（がいせん）した。一豊は若きころより懸命に戦場で過ごしてきたが、さしたる武功もなく、巧妙な作戦を編み出すような才能もない。ふしぎの運で大名になったと、自覚していた。関ヶ原での戦闘中も千代の声に励まされ、

千代の笑顔に助けられた。「ことごとく千代の差配のおかげ」と思っている。千代は気づかれぬよう上手に夫を操縦しているつもりだったが、一豊は知ったうえで転がされていたのだ。織田、豊臣、徳川の三代に仕え、生きのびたのは一豊しかいない。これを一豊は「女運」と言った。千代の光に照らされて、幸運に恵まれたのだと。関ヶ原の戦功により、一豊は土佐一国二十四万石を与えられる。ついに、一国一城の主となった。

□『竜馬がゆく』の名言——幕末を縦横無尽に駆け抜けた、維新の風雲児

幕末の傑物のなかでも、高い人気を誇る坂本竜馬。司馬遼太郎は竜馬を「維新史の奇跡」と呼んだ。竜馬は土佐藩の郷士、坂本家の次男坊に生まれた。子供の頃は泣き虫で、十二歳まで寝小便の癖があったという。男勝りの姉・乙女に厳しく育てられ、やがて逞しく成長する。その性質はどこまでも明るく、無愛想なくせに天性の愛嬌があった。子供のように無邪気で、誰の懐にでもするりと入り込んでしまう。その沁みとおるような微笑に男も女も魅せられた。竜馬は決して雄弁ではなかったが、口から出る言葉は人の意表をつくもので、どの言葉も詭弁のようにみえて、決して浮華ではない。腹の中でちゃんと温もりのできた言葉で、一つ一つに確信の入った意味があり、

その微笑と同じく、人の心に沁みとおった。

坂本竜馬の名言

男子、よき友は拝跪（はいき）してでも求めねばならない

『竜馬がゆく（一）』

十九歳になった竜馬は剣術修行のため江戸に出る。おりしも、浦賀沖に黒船が来航し、時代は動き始める。黒船に狼狽（ろうばい）した幕府は、芝、品川などに屋敷を持つ大名に海岸防備を命じた。海防役に駆り出された竜馬は、剣術試合にかこつけて、長州陣地を探索する。そこで、長州藩士の桂（かつら）小五郎と出会った。竜馬は自ら諜者（ちょうじゃ）と明かし、陣地の様子を教えるよう頼む。小五郎は竜馬のあっけらかんとした大胆さに驚き呆（あき）れるが、話すうちに惹（ひ）かれていく。竜馬も小五郎の俊才ぶりに感動し、二人は意気投合する。竜馬曰（いわ）く「長州も土州もない。いまにそういう時代がくる。頼むべきは、よき友だけ」。この日から、竜馬と小五郎は朋友（ほうゆう）となる。

坂本竜馬の名言

おらァ、ニッポンという国をつくるつもりでいる

『竜馬がゆく（三）』

竜馬が土佐藩に見切りをつけ、脱藩したのは二十八歳のとき。暗殺や陰謀による土佐藩の勤王化を目指す武市半平太（たけちはんぺいた）に違和感を覚えたからだ。浪人となった竜馬は、幕府の軍艦奉行並・勝海舟と出会う。勝は「開国開港」と「海軍」の必要性を説き、感銘を受けた竜馬は勝に弟子入りをする。竜馬は海原の向こうに広がる世界を見据え、独自の道を歩き始めた。土佐藩士の前で、竜馬は豪語する。「日本のワシントンになって、ニッポンという国をつくる」。船を持ち、軍艦を持ち、艦隊を組み、その威力を背景に幕府を倒して日本に統一国を作り上げる。それが竜馬の生涯をかけた夢になる。

坂本竜馬の名言

世に生を得るは事を成すにあり、と自分は考えている

『竜馬がゆく（六）』

幕府を倒すには薩摩と長州が力を合わせるしかない。反目する両藩を結ぶため、竜馬は身命をかえりみず奔走する。その結果、薩長の軍事同盟は成立、土州の一浪人が歴史的奇蹟を起こしたのだ。大仕事を成し遂げた夜、長府藩（長州藩の支藩）の三吉慎蔵が竜馬に死生観を尋ねた。竜馬は「ない」と答える。「生死などは取りたてて考えるほどのものではない。何をするかということだけだと思っている」。世に生を得るは事を成すにあり――。人がこの世に生まれてくるのは、仕事を成し遂げるためだ。その言葉どおり、竜馬は維新への道を切り開いた。

坂本竜馬の名言

男子はすべからく酒間で独り醒めている必要がある。しかし同時に、おおぜいと一緒に酔態を呈しているべきだ。でなければ、この世で大事業は成せぬ

『竜馬がゆく（八）』

海援隊の陸奥陽之助は眉目秀麗な若侍だが、狭量で協調性に欠けていた。竜馬にだけは心服していたが、他の隊士を小馬鹿にしていた。気に入らないと舌鋒鋭く相手を攻撃してやり込める。陸奥は聡明ゆえに、誰も彼もが阿呆に思えるのだ。そのくせ人一倍ひがみっぽい。「馬関のふぐのように毒がある」と隊中のみなに嫌われ孤立していた。竜馬は陸奥に「男子は酒間で醒めている必要がある。しかし、同時に、一緒に酔っているふりをするべきだ」と、協調することの大事を説く。そして、万国公法（国際法）の国訳を手伝い、英語を習得せよと命じた。新政府が成ったとき、陸奥に日本の外務を任せるというのだ。陸奥は竜馬に高く評価されていると知って、奮い立

つ。竜馬は人の才気を見抜いて、ほめておだてて乗せるのが上手かった。まんまと乗せられた陸奥は、後に、辣腕の外務大臣・陸奥宗光として名を成す。

坂本竜馬の名言

仕事というものは、全部をやってはいけない。八分まででいい。八分までが困難の道である。あとの二分はたれでも出来る。その二分は人にやらせて完成の功を譲ってしまう。それでなければ大事業というものはできない

『竜馬がゆく（八）』

竜馬は薩長連合を遂げ、大政奉還を演じ、新官制の案をつくった。まさに、維新の立役者である。にもかかわらず、新政府には参加しないという。陸奥が異を唱えると、竜馬は「おれは日本を生まれかわらせたかっただけで、生まれかわった日本で栄達するつもりはない」と胸中を明かし、「仕事というものは八分やって、完成の功は人に

譲ってしまうくらいでなければ、大事を成し遂げられない」とも言った。竜馬が新政府の主流となれば、やがて西郷隆盛や大久保利通と対立し、政権は二派に別れて瓦解するかもしれない。だから、すべてを西郷らに譲ってしまう。それが竜馬の真意だった。「お前さァは何バしなはる」と西郷に問われ、竜馬は言った。「世界の海援隊でもやりましょうかな」。竜馬の夢はやはり大海原にあった。

□『燃えよ剣』の名言――動乱の時代に「武士道」を貫いた誠の〝もののふ〟

激動の幕末。武州多摩の豪農に生まれた土方歳三は、茨のように棘だらけで、触るとケガする乱暴者の〝バラガキ〟と呼ばれていた。「武士になる」という熱い思いを胸に、試衛館道場で天然理心流の剣を学び、門人たちと喧嘩に明け暮れた。大きく二重の切れ長の眼は、女たちから「涼しい」とさわがれ、男たちからは「なにを仕出かすかわからねえ眼だ」と恐れられた。誰もが尊皇攘夷を声高に叫ぶ中、歳三は天下国家を論じない。空疎な議論など、どうでもいいからだ。武士に口舌は必要ないと思っている。そんな男だからこそ、ここぞというときに口にする言の葉は胆に響く。そこには、変革の時代に喧嘩を挑み、おのれを貫いた〝男の美学〟がある。

土方歳三の名言

なに、こんな絵そらごとで人間ができるものか。私は我流でゆく、諸事

『燃えよ剣（上）』

幕府は将軍上洛の警備役として諸国の浪人を徴募する。歳三は試衛館の近藤勇、沖田総司らと清河八郎率いる浪士組に参加し京に上った。歳三と近藤は、朝廷側に寝返った清河と袂を分かち、芹沢鴨一派と「新選組」を結成。歳三は、新選組を天下最強の組織にするために尽力する。局長となった近藤勇は、にわかに発心して手習いを始めた。「書は人を作るというから、歳も手習え」と近藤は言う。しかし、歳三はそんなものは儒者のうそだと断じる。絵そらごとで人間などできない。妙な鋳型を学んで、関東武士の気概をわすれては本末転倒なのだ。剣をふるう者には、剣をふるう以外に、仕事はない。新選組は、なにごとも土方流でいく――それが歳三の確固たる信念だった。新選組を天下最強の組織にすることが、歳三が世に知らしめたい思想のすべてであった。

土方歳三の名言

われわれは、節義、ということだけでいこう

『燃えよ剣（下）』

尊皇攘夷派の志士を襲撃して殺傷、捕縛した池田屋事件の功績により新選組の名は広く知れ渡る。近藤は「攘夷大名になって外敵から日本を守る」という夢を胸に抱き、歳三はそれを助けるために新選組を尖鋭（せんえい）な組織に仕立て上げていく。やがて新選組隊士は幕臣に取り立てられるが、歴史のうねりは男たちをのみこんでいく。将軍徳川慶喜（よしのぶ）が大政奉還し、幕府は消滅した。意気消沈する近藤に歳三は京に上ったときの初心を語り始める。歴史は変転していく。そのなかで変わらないものは、その時代その時代に節義を守った男の名だ。幕府も天朝も関係ない、ただ「新選組は節義の集団」であることだ。新選組は決して徳川家を裏切らない。歳三は男としての義を近藤に説いた。

土方歳三の名言

「男の一生というものは」
と、歳三はさらにいう。
「美しさを作るためのものだ、自分の。そう信じている」

『燃えよ剣（下）』

「新選組はこの先、どうなるのでしょう」。病床の沖田総司が歳三に問いかけた。歳三は、あくまでも幕府のために戦うつもりだと答える。たとえ幕軍がぜんぶ敗れ、降伏して、最後の一人になろうとも。歳三は新選組を守るため、幾多の同士を斬（き）ってきた。芹沢鴨、山南（やまなみ）敬助、伊東甲子太郎（かしたろう）……。ここで信念を曲げては、彼らに顔向けができない。男の一生は、美しさを作るためのものだ——と話す歳三に、総司は「命のあるかぎり、土方さんに、ついてゆきます」というのだった。

土方歳三の名言

五十年連れ添おうとも、ただの二夜であろうとも、契りの深さにかわりはないとおもいたい

『燃えよ剣（下）』

歳三は冷徹なだけの男ではない。本気で惚れた女には、うぶでやさしかった。京で出会った運命の人、お雪は凛として潔い女。歳三は臆して手も握れない。お雪の方から隙をつくり、「抱いてくださってもかまいません」と誘いかける。歳三は理性を失い、「あとは自分がなにをしたかが、わからない」ことになる。鳥羽伏見で敗退し、江戸に下ることになった歳三は、お雪と二夜をともにする。ただの二夜であろうとも、契りの深さにかわりはない――。二人は一夜で千夜をかさね、二夜で人の五十年を過ごした。

土方歳三の名言

世に生き倦(あ)きた者だけはついて来い

『燃えよ剣（下）』

歳三に迷いはない。鳥羽伏見で官軍に敗退し、新選組が瓦解したあとも、節義を守り、果敢に戦い、男の美学を貫く。函館五稜郭(はこだてごりょうかく)での最後の戦闘に、歳三はわずかな兵を率いて出陣する。「世に生き倦きた者だけはついて来い」。硝煙(しょうえん)のなか、馬上の歳三は鬼神のごとく斬りぬけていく。敵陣間近、長州部隊の士官に名を問われ、歳三は答えたという。「新選組副長土方歳三」。武州多摩のバラガキは、最期(さいご)まで志を通して義に殉じた。

□『峠』の名言——幕末を駆け抜けた、越後の風雲児

幕末の越後長岡藩に河井継之助という変わり者の藩士がいた。人を行動に駆り立てる陽明学に心酔し、武士でありながら封建門閥制を「おろか者の極楽浄土」と蔑(さげす)んで

いた。徳川慶喜の大政奉還によって政治情勢が混沌とする中、継之助は長岡藩の武装独立を目指す。「いかに美しく生きるか」という武士の信念を貫き、戊辰戦争において最も壮烈な戦いに身を投じていく。

河井継之助の名言

人間万事、いざ行動しようとすれば、この種の矛盾がむらがるように前後左右にとりかこんでくる。大は天下の事から、小は嫁姑の事にいたるまですべてこの矛盾にみちている。その矛盾に、即決対処できる人間になるのが、おれの学問の道だ

『峠（上）』

外夷が日本に押し寄せ、徳川の天下が崩れようとしていた。歴史がかわる、日本のあすも知れぬ。藩は今後どうあるべきか、侍はいかに生きるべきか――。継之助は、

揺れ動く日本の情勢を見聞するため、三国峠を越えて江戸に出る。江戸で久敬舎（古賀塾）に入塾するが、ここでも変人で通っていた。しかし、最年少塾生の鈴木佐吉（後の刈谷無隠）は、なぜか継之助に惹かれて師と仰いでいた。継之助は佐吉に、自分の学問のあり方について説く。武士の廉潔をまもるべきか、惻隠の情という人間倫理の原理に従うべきか。そこに相容れぬ矛盾があったとき、いかにすべきか。即決対処するには、自分自身の原則がいる。その原則を見つけ出すことが、継之助の学問の道だという。後に継之助は、討幕運動に参加するか、幕府に忠義を尽くすかという、究極の選択を迫られることになる。

> 河井継之助の名言
>
> 空論でござる。幕府のことは幕府自身が考えるべきであり、一長岡藩がなにを考えてもどう仕様もござらぬ
>
> 『峠（上）』

京の治安維持のため、会津藩主・松平容保が京都守護職に就くことになり、長岡藩

主・牧野忠恭（ただゆき）に京都所司代の任が下される。継之助は「京都所司代に就任すべからず」という就任反対の意見書を奉上する。時勢の暴風の中、会津藩の道連れになって長岡藩も海の藻屑（もくず）となる——と言うのである。妄言（もうげん）と決めつける家老に、継之助はいずれ幕府も滅ぶと説く。家老は幕府が滅びぬよう、尽力すべきだと反論。これに対し、継之助は空論であると喝破する。われらの立場は長岡藩士である。長岡藩の現在と未来のみ考えてゆけばいいのだ。人は立場によって生き、立場によって死ぬ。そうあるべきだと、継之助は考えていた。翌年、忠恭は体調不良を理由に職を辞して江戸に下る。継之助の意見を受け入れたのだ。

河井継之助の名言

「美ヲ済（な）ス」それが人間が神に迫り得る道である、と継之助はおもっている

『峠（下）』

時代が激変する中、継之助は軍事力の整備に着手する。彼の頭にあったのは、一藩

独立という前代未聞の構想だった。武装中立という立場で官軍と会津の調停役を買って出ようというのだ。ガトリング速射砲などの最新兵器を入手し、長岡藩は関東以北で最大の軍備を持つにいたる。しかし、「武装中立」は理解されず、新政府軍（官軍）との交渉は決裂。継之助は徹底抗戦を決意する。藩をあげて死闘の限りを尽くし、新政府の国際信用を失墜させ、英仏を調停勢力として立ちあがらせる――。継之助はこの戦争の意義は、美になることであると言う。事の成否にかかわらず、侍としての信念を貫くことが、継之助の「美ヲ済ス」ことであった。河井継之助は忠魂一途、最後の侍として北越戦争に散った。

□『坂の上の雲』の名言――近代日本の開化期、志をもって生きる若者たちの青春

明治の改革期。四国松山に生を受けた三人の青年、秋山好古・真之兄弟と正岡子規は、時代変遷の波にもまれながら、高みに浮かぶ雲を目指して、人生という坂道を駆け上る。好古は日本陸軍に騎兵を導入し発展させ、真之は日本海軍の作戦参謀として活躍、子規は近代文学史上に輝かしい足跡を残す。彼らの生きた日々は、近代日本の青春そのものだった。

秋山好古の名言

いかにすれば勝つかということを考えてゆく。その一点だけを考えるのがおれの人生だ。それ以外のことは余事であり、余事というものを考えたりやったりすれば、思慮がそのぶんだけ曇り、みだれる

『坂の上の雲（一）』

軍人である好古は自分と兵を強くして、いざという時に日本を敵国に勝たせるのが仕事である。だから、いかにして勝つかという一点のみを考えるのが人生だと思っていた。人生や国家を複雑に考えてゆくことも大事だ。しかし、好古は軍人の道を選んだ。自分の成すべきことに集中する。「男子は生涯一事をなせば足る」のである。好古の理念は、日本騎兵の育成と実戦においても遺憾なく発揮され、「日本騎兵の父」として名を残す。

正岡子規の名言

人間のえらさに尺度がいくつもあるが、最少の報酬でもっとも多くはたらく人ほどえらいひとぞな

『坂の上の雲（二）』

正岡子規は、帝国大学を退学して、日本新聞社に入社。当時は不治の病とされていた肺結核に罹(かか)ってしまい、喀血(かっけつ)を繰り返しながらも、紙上で俳句の研究を中心とした文学活動に勤(いそ)しんだ。新聞「日本」を創刊した陸羯南(くがかつなん)を心から慕い、彼のもとで働けることを誇りに思っていたのだ。松山時代の後輩が進路相談に訪れた際も、働くことの意義は給料の多寡(たか)ではないと助言する。「一の報酬で十の働きをするひとは、百の報酬で百の働きをする人よりえらい」と。そして、どんな人間と付き合うかで人生が決まる、よき友を選べと諭す。子規は病床で難病と闘いながら、不屈の精神で最期まで筆を執り続けた。

秋山真之の名言

人間の頭に上下などはない。要点をつかむという能力と、不要不急のものはきりすてるという大胆さだけが問題だ

『坂の上の雲（二）』

秋山真之は「学問は、二流。学問をするに必要な根気が二流」と自己分析する。学問するには「要領がよすぎる」と言うのだ。例えば、学校の試験前、真之は多くの事項を調べ、その重要度の順序を考え、それに教官の出題癖を加味し、不必要な事項を大胆に切り捨てた。試験のヤマをあてる名人で、「試験の神様」とあだなされた。勉強ができるというより、一種天才的な勘があったのだ。真之曰く、「物事ができる、できぬというのは頭ではなく、性格だ」。つまり、できる人とは「要点把握術」に長けた人だと言うのだ。この「不要不急のものはきりすてる」という大胆さと勘所の押さえ方のうまさは、海軍軍人になってからも発揮された。日露戦争における日本海海戦で作戦参謀として活躍し、その勝利に大きく貢献する。

日米摩擦に関する名言

日本人は〝察する〟ことに長じているために沈黙し、アメリカ人は、この世に〝察する〟などは存在せぬはずだという〝はず〟があるために、主題に関する全空間を自分の言語と論理でうずめつくそうとする

「摩擦ゲーム」『アメリカ素描』

サンフランシスコ州立大学で司馬はディーン・バーンランド教授と知り合う。「人間関係を、科学の場にすえてみる」という学問を教えている人物だ。教授は司馬に、「相手の心を察するという感覚は、日本人に強く、アメリカ人は弱い」と語った。それはアメリカ人は自己を表現するということを、母親や学校から徹底的に教え込まれることに由来する。結果、自己主張に徹するあまり、相手の心を察する感覚が弱くなるのだ。一方、日本人は議論を好まない。論理的に相手を屈服させれば、相手の自尊

心を傷つけ恨みさえ買いかねない。だから、厳しい交渉の場においても言葉少なに微笑(ほほえ)んでいる。この相容れない両国が、一八五三年（嘉永(かえい)六）の黒船来航以来、「摩擦ゲーム」を繰り返しつつ今日に至ったのである。

アメリカの多様性についての名言

さまざまな人種が、オデンのようにそれぞれ固有の形と味を残したまま一ツ鍋(なべ)の中に入っている

「人間という厄介な動物」『アメリカ素描』

アメリカは多民族国家である。かつて、アメリカ（とくにニューヨーク）を象徴する「人種のるつぼ」という言葉があった。多くの移民が持ち込んだ様々な文化が混ざって溶け合い、共通文化を形成しているという意味だ。ただし、この説は現在否定されている。混ぜても決して融合せず、むしろ並立共存していることに価値があるというのである。その光景を司馬は、素材の個性とハーモニーが共存する「オデン」に例えた。それは文明の国アメリカに渦巻く文化の多様さを端的に表している。

□『風塵抄』の名言

『風塵抄』は一九八六年五月から一九九六年（平成八）二月まで、「産経新聞」におおむね月一回、第一月曜日に掲載されたエッセイを中心に集めた随筆集で、『風塵抄』『風塵抄 二』とあわせて一二八編のエッセイ等が収録されている。司馬はタイトルの由来について、「あとがき」（『風塵抄』）で、「風塵」とは「いうまでもなく世間ということである。風塵抄とは、小間切れの世間ばなし」であると語っている。

精神の持ち方についての名言

人は終生、その精神のなかにコドモを持ちつづけている。ただし、よほど大切に育てないと、年配になって消えてしまう

「高貴なコドモ」『風塵抄』

『菜の花の沖』の主人公、高田屋嘉兵衛を例に、「人間はいくつになっても、精神の

なかにゆたかなコドモを胎蔵していなければならない」と司馬は説く。なるほど司馬作品の主人公たちは、みなどこかに「コドモ」を隠し持っている。着想力だったり、想像力だったり、感性だったり。その「コドモ」の情動こそが、人を感動に誘い、豊かな人生へと導いてくれるのだ。しかし、多くの人々は齢（よわい）を重ねるにつれ「コドモ」のみずみずしい感性を失ってしまう。「コドモ」が干からびてしまわないよう、心がけたいものだ。

土地問題についての名言

さまざまな操作がおこなわれて、地価が暴騰（ぼうとう）する。国土が加熱されたフライパンになっていて、国民全体が、その上でアヒルのように足をばたつかせている

「熱いフライパン」『風塵抄』

司馬は、土地を投機の対象とすることを強く否定し、土地公有論を持論としていた。地価の高騰に踊らされる日本を「熱いフライパン」になぞらえ、土地問題を資本主義

のボタンの掛け違えと考える。本書『風塵抄』の「国土」では、オランダの国土について言及する。オランダは十三世紀以降の干拓事業によって国土を造ってきた。その土地の大半は国有で、資本主義国家でありながら土地投機は皆無であるという。江戸期、日本人はオランダ学を学び、明治以降、遠ざかった。司馬は、今一度、オランダに目を向けるべきではないかと説く。『風塵抄』の最終回（一九九六年二月十二日産経新聞掲載）は、次のような言葉で締めくくられている。「土地を無用にさわることがいかに悪であったかを——思想書を持たぬままながら——国民の一人一人が感じねばならない。でなければ、日本国に明日はない」。これが、偉大な国民作家の最後のメッセージとなった。

□『司馬遼太郎が考えたこと』の名言

『司馬遼太郎が考えたこと　エッセイ1953～1996』（全十五巻）は、司馬遼太郎がのこした仕事のうち、小説、戯曲、対談、鼎談（ていだん）、座談会、講演などを除き、新聞、雑誌、週刊誌、単行本などに執筆した文章の初出掲載のものを発行順に収録したもの。編年体で編まれており、司馬遼太郎の思想の遍歴をたどることができる。

『司馬遼太郎が考えたこと』の名言

絵は言葉に換算することはできないし、むりに換算した数字のうえに美術評がなりたっているとしたら、もともと虚偽の文章ではないか

「正直な話」『司馬遼太郎が考えたこと　1』

戦後、司馬は新聞記者になって、美術評を書き始めた。五十個ばかりの批評用語を文章に適当に配給し、遠慮がちに自分の意見をまじえて書いた。たくさんの個展を見て、同じ数の批評を書き、たくさんの美術評を読んだ。そして、「美術評というのは、一体何の根拠の上に乗っかっているものだろう」と不安を感じるようになる。絵を言葉にする矛盾に気づき、美術記者をやめてしまう。美術展からも遠ざかったあるとき、司馬は一人の女流画家に会う。司馬は彼女を「血のしたたるほどの魂」と表した。この強烈な出会いによって、「芸術は案内記ではない」ことを思い知らされ、「美術史的もしくは様式論的」な観察から解放されたと言う。画家の名は三岸(みぎし)節子。九十四歳で

没する直前まで、絵筆をとり続けたという。

私は、〝二十二歳の自分〟に、手紙を出しつづけねばならなかったのです

『司馬遼太郎が考えたこと』の名言

「なぜ小説を書くか」『司馬遼太郎が考えたこと　15』

一九四五年（昭和二十）八月十五日、太平洋戦争が終結する。司馬は二十二歳になったばかりだった。「なぜこんなばかな戦争をする国にうまれたのか」と、絶望を感じた。そして、むかしの日本人は、すこしはましだったのではないか――と自問自答する。しかし、このとき、答えは得られなかった。その後、小説家になった司馬は、「むかしの日本人とは、こういうものだったのだ」という手紙を、二十二歳の自分に出し続けた。「いったい日本人とは何なのか」という自分への問いかけが、後の創作活動を牽引（けんいん）した動機の一つだった。

□『二十一世紀に生きる君たちへ』の名言

小学六年生の教科書『小学国語　6年下』（一九八九年五月）に、次代を担う子どもたちのために執筆された。司馬遼太郎記念館版には、色鉛筆の校正のあとが残る自筆原稿の複製版が収録されている。

> 人間は、自分で生きているのではなく、大きな存在によって生かされている
>
> 『二十一世紀に生きる君たちへ』の名言

司馬遼太郎の数ある作品のなかで、子どもたちに向けて書かれた貴重な一篇だ。短いながらも司馬の人生観がぎゅっと凝縮されている。司馬は、「私が持っていなくて、君たちだけが持っている未来」について語り始める。むかしも今も、未来においても変わらない「不変のもの」。人は自然によって生かされてきたということ。自然をおそれ、その力をあがめ、自然に対して身をつつしむ。この自然へのすなおな態度が、二十一世紀への希望であると説く。

『二十一世紀に生きる君たちへ』の名言

君たちは、いつの時代でもそうであったように、自己を確立せねばならない

二十一世紀において、特に重要なのは「自己の確立」であると、司馬は言う。自分にきびしく、相手にやさしい自己を確立し、いたわりの感情を持って助け合うこと。そういう自己をつくっていけば、二十一世紀の人類は仲良くくらしていけるはずだ――。子どもたちに未来を託した司馬の言葉は、大人が読んでも胸にしみ入る。

評伝　司馬遼太郎

文豪と称えられるにふさわしい、日本を代表する小説家であり、歴史エッセイや紀行文、芸術論、鋭い文明批評も数多く執筆した司馬遼太郎。彼はその卓越した想像力で、あまり知られていなかった歴史上の人物や日本の文化風習を大衆に教えてくれた。空海、斎藤道三、明智光秀、坂本竜馬、土方歳三、河井継之助、秋山好古、真之兄弟、高田屋嘉兵衛、等々。記録や史料のなかの人物に新たな命を吹き込み、彼らが成し遂げた様々な歴史的事実を描くことで、この国に生まれた誇りと喜びを私たちに伝えてくれた。

本評伝は、そんな国民作家・司馬遼太郎の歩みを、創作活動を中心に概観している。紙幅の都合により、残念ながら後年のエッセイや対談等については一部を除き割愛せざるを得なかった。大阪人独特の軽妙であたたかみのある話術に関しては、ぜひ各出版社から出ている講演録、対談集等をご覧いただきたいと思う。

司馬遼太郎の作品は、戦後の高度経済成長期や、バブル前後の激変の時代に、多くの人々に示唆を与え、進むべき道を示す羅針盤の役割を担ったという。

そして現在、世界は政治的、人種的対立による混乱や、さらには新型のウイルスの蔓延（まんえん）で未曾有（みぞう）の危機に直面している。こうした苦難の時代だからこそ、戦国や幕末という歴史の転換期を透徹した眼差しで見つめ、その変革の意義と価値を探り続けた司馬遼太郎の物語は、様々な困難と対峙（たいじ）している私たちに、事態を打開する何がしかのヒントをもたらしてくれるのではないだろうか。

斎藤道三は、知略を駆使して自分の王国を築いた。坂本竜馬は、大胆不敵な行動力で、この国に近代的統一をもたらした。土方歳三は、信念を貫き史上最大の剣客組織・新選組を作り上げた。人間には、立ちはだかる壁を乗り越え、新しい秩序や社会を創造し構築する力がある。司馬遼太郎の文学には、そんな力強いメッセージが込められているように思われるのである。

司馬文学の深遠な魅力が、多くの人々を励まし勇気づけてくれることを信じて、まずは司馬遼太郎の生い立ちから辿（たど）ってみたいと思う。

生い立ち、従軍体験　大正十二年〜昭和二十年

司馬遼太郎は、大正十二年（一九二三）八月七日、大阪市南区（現・浪速（なにわ）区）西神田町八九に、父・福田是定、母・直枝の次男として生まれた。本名は福田定一。祖父の

惣八は餅屋、父は開業薬剤師。母は奈良県北葛城郡竹ノ内村の出身。兄は二歳で夭折しており、姉一人がいた。のちに妹一人が生まれた。乳児脚気のため、三歳まで北葛城郡今市の仲川氏方で養育されたことから、司馬遼太郎自身、本籍地の大阪より奈良県の葛城山麓の方が故郷のように思われると「足跡　自伝的断章集成」（『司馬遼太郎の世界』文藝春秋編・文春文庫）のなかで語っている。また、この地で石器時代の石の鏃などを拾い集めて遊んだとも述べており、これが作者の最初の歴史との触れ合いと考えられる。

　昭和五年（一九三〇）、六歳のときに大阪市内の難波塩草尋常小学校に入学。次いで昭和十一年、十二歳のときに、私立上宮中学校に進学する。中学三年生の頃から、放課後は毎日、御蔵跡町の市立図書館に通い、様々の本を読み漁ったという。このときに中国辺境の諸民族（蠕々、匈奴、鮮卑、羌、烏孫など）に興味をもち、その後、ウラル・アルタイ系の諸民族（モンゴル、朝鮮、トルコ、ハンガリー、フィンランドなど）にあこがれを抱くようになったと、エッセイ「なぜ小説を書くか」（『司馬遼太郎が考えたこと15』新潮文庫）で記している。

　その後、十六歳のときに旧制大阪高等学校を、翌年に旧制弘前高等学校を受験するが、いずれも失敗。四月に大阪外国語学校の蒙古語科（のち大阪外大、現・大阪大学外国語学部）に入学する。同期には支那語科に前衛俳句の赤尾兜子、一年上級には印度語科に作家の陳舜臣、二年上級には英語科に作家の庄野潤三がいた。

昭和十八年（一九四三）九月、二十歳のときに学生の徴兵猶予が停止となり、仮卒業で学徒出陣する。兵庫県加古川北郊青野ヶ原の戦車第十九連隊に入営。次いで昭和十九年四月、満州に渡り四平の陸軍戦車学校に入学した。十二月に戦車学校を卒業し、見習士官として牡丹江の戦車第一連隊に赴任。ここには作家の石浜恒夫がいた。そして昭和二十年五月に、内地へ帰還。群馬県相馬ケ原から栃木県佐野に移動し、ここで終戦を迎えた。司馬遼太郎、二十二歳のときである。

戦時中のことに関して、司馬遼太郎は多くを語っていない。ただ、ソ連と日本の戦車の性能差から、日本の国力に対し絶望感を抱いたこと。また、この戦争を遂行した上層部に対する憤りは、随筆や対談などでしばしば口にしている。そして、頻繁に吐露したのが、この国への疑問だった。前述の「なぜ小説を書くか」では、次のように綴っている。

敗戦の日の実感は、

—なぜこんなばかな戦争をする国にうまれたのか。

ということでした。日本の指導者の（とくに軍人出身の指導者の）愚かさについて、痛感しました。

——むかしの日本人は、すこしはましだったのではないか。でなければ、民族がここまでつづいてきたはずがない。

しかし、私には、〝むかしの日本人〟というものが、よくわからなかったのです。だから、私の作品は、一九四五年八月の自分自身に対し、すこしずつ手紙を出してきたようなものだ、ということです。

（「なぜ小説を書くか」『司馬遼太郎が考えたこと　15』）

司馬遼太郎は己の作品を「二十二歳の自分への手紙」と表現することが多かった。あの終戦の時の絶望感、虚しさを埋めるため、司馬遼太郎は切実な思いで日本と日本人の過去を調べ、物語に著して若き日の自分に贈り続けたのだ。この作業のなかから生まれたのが、戦国時代の豪傑たちの勇姿や、幕末・明治時代の壮大な人間ドラマなのである。

新聞記者から作家へ　昭和二十一年〜昭和三十五年

「ペルシャの幻術師」「戈壁の匈奴」「兜率天の巡礼」「大坂侍」発表。「梟の城」「上方武士道」「風の武士」「戦雲の夢」連載。

戦後の昭和二十一年（一九四六）、司馬遼太郎は京阪地方の新興紙、新日本新聞の京都本社に入社し、大学・宗教記者として新生活をスタートさせる。だが、昭和二十三年に新日本新聞社が倒産し、新たに産経新聞社京都支局に入社することになる。昭和二十七年七月に大阪本社の地方部に転勤。翌二十八年文化部勤務となり、文学・美術の担当になる。

後年、NHK総合テレビが新聞記者時代の司馬遼太郎の勉強法について取材することになるのだが、企画を担当した有吉伸人は、司馬遼太郎の出入りしていた西本願寺の内部をみて驚愕したという。〈後の司馬さんの小説の舞台となる歴史的な文化財が山のようにあるのだ。例えば、豊臣秀吉が謁見を行った対面所、別名「鴻の間」や三十六歌仙の絵で有名な「飛雲閣」、日本最古の能舞台である「北能舞台」など国宝は枚挙にいとまがない。これらは、江戸期に西本願寺の敷地内に移築されたものだという〉（「『偉大なる知性』はこうして生まれた」『司馬遼太郎がゆく』小学館文庫プレジデントセレクト）と、その驚きを記している。昭和二十年代の日本には、連合国の進駐軍が町なかを闊歩するなど、雑然とした雰囲気が充満していた。その現実の激しさと、過去の歴史の静謐な雰囲気の両方を司馬遼太郎は日常的に体感していたのだ。この経験が後の作家活動に良い意味で影響を与えたことは想像に難くない。戦時中、司馬遼太郎は戦車の技術力の低さに日本の国力への疑問を抱いた。しかし戦後まもなく、美しく荘厳な日本の美と文化に触れたことで、新たな希望を見つけ出したのではないだろうか。

なお、新聞記者時代に出会った人々の中には、湯川秀樹（物理学）、吉川幸次郎（中国文学）、桑原武夫（フランス文学）、貝塚茂樹（中国史）の四博士がいた。この日本の知の泰斗たちとの親交は終生続いたという。

昭和三十年九月には、本名の福田定一の名でサラリーマンの処世術について綴った『名言随筆　サラリーマン』を発表。この本は、平成二十八年（二〇一六）に司馬遼太郎名義で『ビジネスエリートの新論語』と改題され復刻されている。

昭和三十一年五月、三十二歳のときに、浄土宗の寺の総領で小説家の成田有恒（のちの寺内大吉）にすすめられ六十枚の短編小説「ペルシャの幻術師」を執筆する。これが第八回講談倶楽部賞を受賞。このときに初めて用いたペンネームの司馬遼太郎には、「史記」の著者・司馬遷に遼かにおよばぬという意味が込められていたのだという。「ペルシャの幻術師」は、十三世紀のペルシャ高原の町メナムを舞台に、当地に攻め込んだモンゴル軍の司令官大鷹汗(シンホルハガン)ボルトルと、彼に囚(とら)われた美姫ナン、ボルトルの命を狙(ねら)う幻術師アッサムの奇妙な交錯を、独特の残酷美で描いた伝奇ロマンだ。この作品を、歴史作家の海音寺潮五郎が絶賛した。また、奇(く)しくも受賞決定の日に、新聞社の文化部次長に昇進することになる。

創作活動に乗り出したこの年、司馬遼太郎は寺内大吉らと同人雑誌「近代説話」を結成する。この「説話」とは、神話・伝説・童話等を意味した言葉であり、そうしたロマンチシズムと現代感覚の融合を目指して参加者は創作に励んだという。なお同人には、寺内、司馬のほか、石浜恒夫、清水正二郎（胡桃沢(くるみざわ)耕史）、堤清二らがいた。彼らの活動は藤沢桓夫(たけお)、今東光、源氏鶏太、海音寺潮五郎、北町一郎ら大先輩の援助と激励を受けた。同人にはその後、伊藤桂一(けいいち)、尾崎秀樹、黒岩重吾(じゅうご)、永井路子(みちこ)が加わり、六人の直木賞受賞者を輩出した。

昭和三十二年には、「近代説話」第一号に「戈壁の匈奴」を発表。物語は、一九二〇年の夏、中国北部の寧夏(ねいか)で幻の国・西夏の遺物とされる、玻璃(はり)の壺(つぼ)が発見されたところから始まり、その壺にまつわる成吉思汗鉄木真(チンギスハンテムジン)と砂漠の国の王女・李睍(リーシェン)公主との悲劇的な顚末(てんまつ)が描かれる。続いて、「兜率天の巡礼」を「近代説話」第二号に発表。昭和二十二年の夏、法学博士・閼伽道竜(あかどうりゅう)は病死した妻が残した謎(なぞ)の言葉の意味を調べるため、嵯峨野の上品蓮台院を訪れる。弥勒堂にある兜率曼荼羅を発見した閼伽道竜は、突如、五世紀の東ローマ帝国で聖母としてのマリアを認めなかった主教ネストリウスについての記憶を思い出す。そして彼は唐の長安を訪れた安息の民や、日本に渡った秦一族の者と同化し、魂の巡歴を重ねることになる。文字通り時空を超越する幻想ロマンだ。司馬遼太郎の作家活動は、このような伝奇・怪奇的な作品から始まったのである。なお、超自然的な魂の彷徨は、のちに長編『妖怪』でも重要なファクターとして描かれている。余談ではあるが、平成・令和の時代には神話・伝説の英雄を題材にした伝奇的小説、ゲームが数多く登場しており、もしかしたら、そうした作品のどこかに司馬遼太郎の伝奇趣味が受け継がれているのかも知れない。

昭和三十三年の四月から「梟のいる都城」（のちに『梟の城』と改題）を「中外日報」に連載する。この物語は、豊臣から徳川へと権力が移行する戦国時代末期を舞台に、二人の伊賀忍者を中心にして権力者や武士、忍者など多彩な人々の思惑や策謀を活写した忍者小説だ。新聞記者と忍者を重ねた斬新な人物造形が多くの読者を驚かせ、且つ夢中にさせた。『梟の城』は、昭和三十五年一月に、第四十二回直木賞を受賞する。

ちなみに、この『梟の城』登場以前に五味康祐の「柳生武芸帳」が「週刊新潮」に連載されており、昭和三十三年には、山田風太郎の「甲賀忍法帖」が現れ世間を驚嘆させた。内容や趣はそれぞれ違うものの、『梟の城』が昭和三十年代の忍者・忍法ブームの一翼を担ったことは間違いないだろう。さらに付け加えると、忍法帖シリーズで世を席捲した山田風太郎は、のちに明治小説にも手を染めている。つまり、司馬遼太郎と山田風太郎は、対照的な世界を構築しつつも、ともに戦国、明治を扱った作品で歴史の面白さと醍醐味を人々に伝えたのだ。

ところで、当時の司馬遼太郎には一つ面白いエピソードがある。直木賞を受賞する少しまえ、新聞社の記者だった司馬遼太郎は小説の依頼のため伝奇時代小説『髑髏銭』、『妖棋伝』等で有名な作家の角田喜久雄のもとを訪れた。その折、雑談で「文壇に有望な新人がいますか」と尋ねたところ、「司馬遼太郎がおもしろいですよ」といわれ、あわてて話題をかえたという。まさに伝奇小説のような逸話といえよう。

直木賞受賞により金銭的に余裕が生じた司馬遼太郎は、この頃から日本史に関する資料の収集に力を入れはじめる。ただし、この当時の史資料について司馬遼太郎はこう述べている。

日本史は、通史としては江戸末期、頼山陽（一七八〇～一八三二）によって書かれた『日本外史』が最初ですが、朱子学史観（水戸学史観・皇国史観）に染められたものでした。化学でいうと、触媒が朱子学でした。明治後、アカデミズムもふくめて皇国史観か、そうでなければマルクス史観による歴史研究がぜんぶといってよく、それらを、無触媒の方法でもって一市民の立場から脱色し、取捨し、選択しなおし、自分の目と体温を通して、無着色の日本史を、私室のなかで、編みなおしました。むろん、それを書いたのではなく、頭の中の作業のことです。以後三十年、そのようにしてやってきました。独力でした。

（「なぜ小説を書くか」『司馬遼太郎が考えたこと　15』）

この「自分の目と体温」で編みなおした日本史、その手法から生まれたものが司馬遼太郎独自の歴史観だった。思想的に脱色し無着色にしたうえで世に問うた歴史。多くの人はそれを、敬意をこめて「司馬史観」と呼んだ。が、作者自身は、その呼称についていささか複雑な思いもあったようである。とくに、自分が小説のなかで創作した事を、誤って史実として認識されることを危惧（きぐ）していたと、のちに担当編集者らは語っている。

なお、司馬遼太郎が歴史について考えを巡らせた「私室」は、現在、東大阪市の司馬遼太郎記念館で見ることができる。興味を持たれた方はぜひ訪れていただきたい。

ともあれ、こうした司馬遼太郎の資料収集は、年を追うごとに大事になり、幾つもの伝説を残すことになる。作家・井上ひさしは、当時の大騒動を次のように記している。〈神田の古本屋街から、ある日、ひとつのテーマの本がいっせいに消えるんです。どうしたのかと思うと、司馬先生が「今度こういうテーマで書くから」と各店に檄(げき)を飛ばして、資料がトラックで東大阪の司馬先生の家へ運ばれたあとなんです。それを一冊一冊ご覧になって、「これは要らない、これは要る」と選んで、お買いになるわけ〉（「さようなら、司馬遼太郎さん」『司馬遼太郎の世界』）と。司馬作品に宿る博覧強記の面白さは、こうした旺盛(おうせい)な蒐集癖(しゅうしゅうへき)があったからこそ生まれたのだろう。なお、当時を知る編集者らによると、読むスピードもかなり速かったという。

直木賞を受賞する前年の昭和三十四年一月に、同僚の「産経新聞」文化部記者・松見みどりと結婚。十二月には、大阪府八尾市の両親宅より、大阪市西区西長堀のマンモス・アパート十階二十号に移転する。以後、みどり夫人は司馬作品の最初の読者として、また取材旅行の同伴者として司馬遼太郎を支える最良のパートナーとなる。

作家として動き出したこの時期、司馬遼太郎は「大坂侍」を「面白倶楽部」に発表する。幕末維新の頃の大坂人と大坂の地域性を打ち出した画期的な内容の作品だった。

大坂・大坂人を題材にした作品はこれ以後も、「上方武士道」（連載開始時は「花咲ける上方武士道」の題名だったが途中「上方武士道」に変更。最初の単行本は『上方武士道』、のちに『花咲ける上方武士道』と改題）や、祖父を意識して執筆されたという「俄──浪華遊侠伝──」へと続いていく。「上方武士道」は、昭和三十五年に「週刊公論」で連載された作品だ。公家の家から大坂の薬商人の家に養子縁組した高野則近が、ひょんなことから公家密偵使として江戸や諸国の事情を探るよう命じられる。則近が、幕末の東海道を旅しながら、刺客や忍者の襲撃、恋の騒動、政治の陰謀に巻き込まれる姿を怒濤の展開で描いている。

　またこの年の三月から、「風の武士」という大伝奇小説を「週刊サンケイ」で連載している。ときは幕末、日本の熊野に安羅井国という人に知られぬ隠し国があり、そこには莫大な金が秘蔵されているとの噂があった。この財を幕府のものにしようと若年寄・松平豊前守は、伊賀忍者の末裔・柘植信吾に安羅井国への探索を命じる。この秘事に、紀州藩の隠密集団や、信吾を見張る公儀隠密、神秘の国・安羅井国の謎に挑む元紀州隠密の首領などが絡み、壮大な冒険模様が描かれる。世界史の謎までも物語に組み入れた意欲作だ。さらに八月からは、「戦雲の夢」を「講談倶楽部」に連載。四国を統一した長曾我部元親の四男・盛親が、徳川と豊臣という二大勢力の狭間で彷徨する姿を綴った武将小説だ。

戦国から幕末、自己の鉱脈を探り物語を紡ぐ　昭和三十六年〜昭和三十九年

「風神の門」「新選組血風録」「竜馬がゆく」「燃えよ剣」「尻啖え孫市」「国盗り物語」「功名が辻」「関ケ原」連載。

昭和三十六年（一九六一）三月、司馬遼太郎は出版局次長をもって産経新聞社を退社し、作家としての活動を本格化させる。このとき三十七歳。六月には、「風神の門」を「東京タイムズ」で連載開始する。豊臣と徳川の争いが大坂城決戦へと持ち込まれる戦乱の世を舞台に、武将・真田幸村に与した孤高の忍者・霧隠才蔵や猿飛佐助らの活躍を描いた戦国忍者小説である。

同三十七年の五月からは、沖田総司など新選組隊士らの行動を個別に描いた銘々伝「新選組血風録」を「小説中央公論」に連載する。そして六月、「竜馬がゆく」の連載が「産経新聞」で始まる。主人公・坂本竜馬は土佐藩出身で、藩の勤王党に参加したのち脱藩。その後、勝海舟に航海術を学び、慶応元年（一八六五）、長崎の地に亀山社中（のちの海援隊）を結成し、海運に従事。この間も薩摩、長州間の交渉に加わり、ついに薩長連合を実現させた。その後、公議政体論を主張して大政奉還を実現させた

が、京で中岡慎太郎とともに暗殺された。まさに時代の寵児ともいうべき人物だ。司馬遼太郎はこの若者の激動の人生に強烈な光をあて現代に甦らせたのだ。とくに竜馬の人間的な明るさは数多い司馬作品のなかでも格別な光輝を放っており、今なおファンを増やし続けている。

大政奉還後、望めば新政府の大官に就くこともできた竜馬だが、彼は「世界の海援隊でもやる」と言い、「自分は役人になるために幕府を倒したのではない」と西郷隆盛に告げたという。司馬遼太郎は、この竜馬の痛快な逸話を意識しながら、本編を執筆したことを明かしている。

竜馬の一言は維新風雲史上の白眉といえるであろう。単にその心境のさわやかさをいうのではない。私は、この一言をつねに念頭におきつつ「竜馬がゆく」を書きすすめた。このあたりの消息が、竜馬が仕事をなしえた秘訣であったようにおもわれる。その点、西郷もかわらない。私心を去って自分をむなしくしておかなければ人は集まらない。人が集まることによって智恵と力が持ち寄られてくる。仕事をする人間というものの条件のひとつなのであろう。

（「坂本竜馬のこと」『司馬遼太郎が考えたこと　3』）

司馬遼太郎は、悪や戦争という人間の陰の部分に目を向けつつも、竜馬のような善性や明朗性を発揮した人々にも視線を注ぎ、人間の真実の姿を描き出そうと努めたのだ。

この「竜馬がゆく」に関して、文藝春秋の編集者で司馬遼太郎を担当した和田宏は、回想録『司馬遼太郎という人』(文春新書)のなかで次のように指摘をしている。〈『竜馬がゆく』の書き始めをみると、泥棒である寝待ノ藤兵衛や遊女の冴などを登場させて、あきらかに旧来の時代小説作法を踏襲している。が、連載を開始して、ちょうど一年たったとき、突如「閑話休題」と称して、時代背景の解説を入れている。このとき作家の中でなにかが弾けた。いままでとは異質の大作家司馬遼太郎の誕生の瞬間であった。/坂本竜馬の恋と剣の物語ではすまなくなってしまったのである。幕末の政治状況の綿密な説明抜きでは、もうどうにも小説は立ち行かない〉と。司馬遼太郎が作中で「閑話休題」とことわり、時代背景の説明を加えるのは、司馬作品の特徴であり、魅力の一つでもある。その契機が「竜馬がゆく」のなかに見つけられることは、和田宏の言う通り、本作が司馬遼太郎にとって重要な転換点となった何よりの証といえるだろう。

「竜馬がゆく」に続いて十一月には、「燃えよ剣」の連載を「週刊文春」で開始する。新選組の副長・土方歳三の孤高の生き様を中心に描いたこの作品は、のちに栗塚旭（くりづかあさひ）主演でテレビドラマ化され、熱狂的な新選組ファンを生み出すことになる。執筆に先立ち、作者は土方らの出身地・武州多摩を訪れ、土地独特の「野趣」の雰囲気を感じ取り、それを作品世界に投影したという。野趣とは、「自然のままの素朴なおもむき」（広辞苑）を表す言葉だ。「燃えよ剣」の冒頭、百姓のせがれ歳三は「いずれ武士になる」と口にするが、この作品は、土方歳三という剣の達人が己の武士道を貫き通す物語である。そして彼の武士道は、殺伐とした幕末のなかで独特のダンディズムを醸（かも）し出しているのである。この土方の孤高の生き方が、戦後社会の一つの理想の男性像として映り、大勢の関心を引き寄せたのだろう。

また、組織・集団というものがこの作品の重要なキーワードとなっている。司馬遼太郎は本作の連載予告で次のように述べている。

新選組は近藤勇（いさみ）が首領であったが、事実上は土方歳三がつくり、強化し、史上最強の剣客団に仕立てあげた。

歳三の野望がどこにあったかは、このさき読者とともに考えていくが、いずれにせよ、組織を強化するためには友人といえども冷酷に殺し、組織だけが正義であると信じきったこの剽悍無類の天才が近藤のそばにいなかったなら、おそらく新選組は存在しなかったろう。

その点、歳三は戦国時代の勇者ではなく、現代の英雄とよばれるにふさわしい。歳三のような人物は、どの職場にもいるのではないか。

ただその企業目的が、殺人であるかないかのちがいだけである。

（「作者のことば（「燃えよ剣」連載予告）」『司馬遼太郎が考えたこと 2』）

即ち、早い段階から土方歳三による「組織作り」を題材にすることを考えていたのだ。作品が発表されたのは昭和の高度成長期で、日本各地で人々が手を携え、新しい国造りに邁進した時代であった。現実の多種多様な組織・集団の人々と、作中の幕末の剣客団が心理的に深く結びついたことは容易に想像できるだろう。現実と重なる組織作りの面白さがあったからこそ、本編は絶大な人気を獲得したのだ。

昭和三十八年七月から、「尻啖え孫市」を「週刊読売」に連載する。この作品は、雑賀孫市という雑賀鉄砲衆を率いて石山本願寺門徒と共に織田信長と戦った人物が主人公だ。史料の少ない孫市を司馬遼太郎は躍動感溢れる快男児に仕立て上げ、戦国小説に新しい妙味を加えた。八月には、「国盗り物語」を「サンデー毎日」で連載開始する。この作品は斎藤道三編、織田信長編の二部構成になっており、彼らを戦国時代の革命家として描いている。戦後の歴史作家は、吉川英治や海音寺潮五郎など先輩作家が作った歴史上の人物のイメージを覆(くつがえ)すことに腐心しなければならなかった。司馬遼太郎は、斎藤道三の悪名に注目し、そこに新たな価値を見つけている。

　つまり悪人の代名詞のようにいわれた道三にとって悪とは何かといえば、それは「無能」ということだった。
　当時、美濃(みの)を支えていた人と組織は、ほとんど無能でした。政治的な環境に鈍感な土岐(とき)家は、美濃を食いつぶす白蟻(しろあり)以外の何ものでもない。体制を新しくして秩序を立て直し、しかも治安を良くして民衆を守る。道三はこれこそ正義だと自分を信じ込ませたと私は想像しています。
（「国盗り斎藤道三」『司馬遼太郎全講演【一】』朝日文庫）

　従来の権力構造を否定し、それまでの秩序を破壊する悪人・斎藤道三。そしてその後継者の織田信長。司馬遼太郎は彼らを、ときに人を欺(あざむ)き、ときに無慈悲に殺戮(さつりく)しながら時代を切り拓いていく、新時代の担い手として描いたのだ。この、悪を呑み込む常人離れした新ヒーロー（新しい指導者）の登場が、戦後の日本人の渇望と合致したのである。そして、「竜馬がゆく」、「燃えよ剣」、「国盗り物語」を同時並行で連載していたという事実には、誰もが瞠目せずにはおられないだろう。

同三十八年十月からは、戦国武将・山内一豊と妻・千代の夫婦が、知恵と機転で波乱の時代を乗り越えていく「功名が辻」を三友社配信で地方紙に連載する。夫を陰ながら支える賢妻の人物設定には、どこかでみどり夫人の影響もあったのかもしれない。

昭和三十九年三月に、蔵書が増えすぎたため、住まいを大阪府布施市（現・東大阪市）中小阪に移転する。七月からは、太閤・豊臣秀吉亡き後の、徳川家康と石田三成の対決を描いた大作「関ケ原」を「週刊サンケイ」に連載。智謀家・徳川家康と、義の人・石田三成の人間的魅力について白熱した議論が日本中で巻き起こった。

運命に挑む人間の可能性を描く　昭和四十年～昭和四十二年

「殉死」発表。「北斗の人」「城をとる話」「俄―浪華遊侠伝―」「十一番目の志士」「新史 太閤記」「義経」「豊臣家の人々」「夏草の賦」「峠」「宮本武蔵」「妖怪」連載。

昭和四十年（一九六五）一月から、北辰一刀流の開祖・千葉周作の生涯を描いた

「北斗の人」を「週刊現代」に連載する。本作の千葉周作は、精神主義ではなく、体育力学の剣を追求した人物として造形されている。その合理主義的な部分に、作者の日本人観が感じ取れるのではないだろうか。また、同じく一月から、関ヶ原の合戦を前に、伊達藩の堅城・帝釈城をたった一人で攻めとるという途方もない夢に賭けた上杉方で佐竹家の臣である車藤左の奮闘を描いた「城をとる話」を「日本経済新聞」夕刊に連載。この作品は、司馬遼太郎が俳優・石原裕次郎の映画のために想を練ったもので、諸般の事情により小説の連載中に映画が完成し『城取り』のタイトルで公開された。五月、大阪の伝説的な侠客・明石屋万吉の金と暴力に明け暮れた人生を、テンポの良い大阪弁の応酬で綴った「俄—浪華遊侠伝—」を「報知新聞」に連載開始。大阪人特有のユーモアあふれる感性で、禁門の変、鳥羽伏見の戦い、堺事件、あるいは新選組、桂小五郎などの行動を評した異色の歴史小説だ。十月からは「週刊文春」に、高杉晋作に心酔する二天一流の使い手・天堂晋助が、幕末の世を剣で駆け抜ける活劇調の小説「十一番目の志士」を連載する。

昭和四十一年二月から、豊臣秀吉が天性の人たらしの才を駆使して成り上がっていく「新史 太閤記」を「小説新潮」に連載。同月、「九郎判官義経」（のちに『義経』と改題）の連載を「オール讀物」で開始する。この作品は、鎌倉幕府を律令体制以後の新しい支配の象徴とし、そこに至るまでの熾烈な抗争を、源頼朝、源義経、後白河法皇などの行動を通して描いている。

司馬遼太郎の中世の解釈については興味深い話がある。中央公論社の編集者・山形眞功が同社の「日本の中世」シリーズを刊行するにあたって司馬遼太郎にアドバイスを求めたところ、司馬遼太郎は〈「十一世紀頃からの和歌の世界のひろがり」から始めたらよい〉と助言したという。そして、〈前九年の役（一〇五一年～）の折、追う源義家が「衣のたてはほころびにけり」と歌いかけると、逃げる安倍貞任が「年をへし糸のみだれのくるしさに」と応えたように、歌でこころがつながる世界がひろがってゆく。和歌を中心にすることで、文学ばかりか、地理上のひろがり、貴族と武士の関係などをつつみこんで歴史を書くことができる。「歌枕から日本愛が生まれる」と語り、そして「奥州を除いて、日本の中世は語れない」と力説された〉（『司馬遼太郎の描く異才I　空海、義経、武蔵、家康』朝日文庫）と具体的に教示したのだという。このエピソードは、司馬遼太郎の歴史観のなかに雅の精神が息づいていることを如実に表したものと受け止められるだろう。日本史のなかに、この国の人々の才知や美学が見出せること。それもまた司馬遼太郎が若き日の自分に伝えたかったことに違いあるまい。

九月『竜馬がゆく』『国盗り物語』で第十四回菊池寛賞を受賞する。同月、豊臣家一代の栄達とその後の凋落を秀吉の二人の妻、北ノ政所と淀君を軸に連作形式で描いた「豊臣家の人々」を「中央公論」に連載。秀吉によって思いがけなく権威主義の中心に立たされた豊臣家ゆかりの者たちの栄枯盛衰を、滅びゆくものの儚い美しさで綴った静かな余韻を残す物語集だ。さらに同月からは、土佐の戦国武将・長曾我部元親を主人公に、豊臣秀吉時代の地方大名の実情を描いた「夏草の賦」を三友社の配信で地方紙に連載する。十一月からは、越後の長岡藩筆頭家老の河井継之助が、北越戦争にいたる幕末の政治的変化の波にどう向き合い、行動したのかを士道小説風に描いた「峠」を「毎日新聞」に連載。

昭和四十二年六月には、明治天皇の大葬の日、妻・静子と共に殉死した軍人・乃木希典の人物像に迫った「要塞」(『殉死』第一部)を「別冊文藝春秋」第一〇〇号に掲載している。また同じ月、長編「宮本武蔵」を「週刊朝日」に連載開始。司馬遼太郎の宮本武蔵ものは、本作と昭和三十七年に「オール讀物」で発表した短編「真説宮本武蔵」の二作が存在する。武蔵といえば国民作家・吉川英治による『宮本武蔵』があまりにも有名だが、司馬遼太郎は偉大な先達を意識しつつ、吉川版とはまったく異なる人間・宮本武蔵を描いている。長編「宮本武蔵」の連載予告では、その意気込みを次のように簡潔に述べている。

　宮本武蔵については、故吉川英治氏の名作があり、今さらこの人物についての虚構は不必要であろう。私はむしろ、この日本人が生んだ天才の一側面を書きたい。幸い、武蔵は他の同時代の剣客にくらべれば、まだしも事歴が明らかだし、彼の文章も絵画も残っている。それを手がかりに武蔵の体臭を嗅（か）いでみたい。

（「作者のことば（「宮本武蔵」連載予告）」『司馬遼太郎が考えたこと 3』）

　この言葉から、司馬遼太郎が歴史上の人々に対し、広く多角的に研究しながらも、それと同時に肌身の匂（にお）いを嗅ぐほど肉薄し、その人間性を微細に探っていたことがうかがえよう。なお、哲学者の梅原猛は吉川英治と司馬遼太郎の国民作家としての特色について、それぞれ戦前・戦後の「日本人の良識に合致」していたと分析している（「司馬遼太郎と国民文学の再生」『司馬遼太郎の世界』）。この言説の正しさは、司馬遼太郎の戦国、幕末・維新小説の圧倒的な人気が証明しているといえるだろう。

　また同じく六月に、伝奇小説「妖怪」の連載も、「読売新聞」の夕刊紙上で始まる。作品は、室町末期を舞台に、足利義政（あしかがよしまさ）の正室・日野富子と、義政の側室・今参りの局（つぼね）

の男子の出産をめぐる競争に、熊野から京に上った若者・源四郎が巻き込まれる怪異譚(たん)だ。今参りの局には幻術を使う唐天子という屋敷神が付いていて、源四郎は彼に心身ともに翻弄(ほんろう)される。呪(のろ)いを破る足利家伝来の「鬼切りの太刀」も登場し、応仁の乱前夜の室町の混沌(こんとん)模様を幻想性豊かに描いている。この年十月には、大阪芸術賞を受賞する。

歴史の真実とロマンの追求　昭和四十三年〜昭和四十五年

「故郷忘(ぼう)じがたく候(そうろう)」発表。「歳月」「坂の上の雲」「大盗禅師」「世に棲(す)む日日」「城塞」「花神」「覇王の家」連載。

昭和四十三年（一九六八）一月、前年刊行した『殉死』で第九回毎日芸術賞を受賞する。同月から、明治政府に参加しながら、西郷隆盛の征韓論に同調し辞職した江藤新平の生涯を描いた「英雄たちの神話」（のちに『歳月』と改題）を「小説現代」に連載。この月から、NHKの大河ドラマ『竜馬がゆく』が放映される。そして四月からは、「坂の上の雲」を「サンケイ新聞」夕刊に連載する。作品は、四国松山出身の三人の若者、秋山好古、真之兄弟と正岡子規にスポットを当て、明治維新から日露戦争までの時代を果敢に生きた姿を克明に追っている。司馬遼太郎は「フィクションをいっさい禁じて書く」（「『坂の上の雲』秘話」『司馬遼太郎全講演【五】』）ことを心掛けて挑んだという。

のちに、みどり夫人は本作についてこう語っている。〈『坂の上の雲』は、司馬さんが最も神経を使った作品だったと思います。日露戦争を扱っていますから、軍国主義的だと言われないように、それは大変な努力をして書きつづけました〉（「夜明けの会話—夫との四十年」『司馬遼太郎の世界』）と。この短い言葉から、「坂の上の雲」が人々に支持される最大の理由が理解できるだろう。本作の終盤、日本は日本海海戦に勝利するが、そこに記された人々に喜びの表情はない。ただ虚しさだけが綴られている。それは、戦争に勝者も敗者もない。勿論、正義も悪も存在しない。ただすべてが悲惨で虚しい。この真実を描いているからこそ、平和を望む多くの人々が、「坂の上の雲」に共感したのだ。

また、このみどり夫人の回想では、司馬遼太郎の性格についても触れられている。司馬遼太郎は、「頑張るぞ」という言葉をできるかぎり避けていたという。〈新聞記事の中には「頑張るぞ」と書いたものもありましたが、「頑張るぞ」なんて司馬さんが最も嫌った言葉だったと思います。そういう掛け声や気合だけで、この国が先の悲惨な戦争に突入していったこと、そういう昭和の日本人の日本人らしくない精神主義を司馬さんは、生涯をかけて厳しく問いただしてきた人なんですから〉と。これは、司馬遼太郎と長年連れ添った夫人だからこそ気づくことが出来た司馬遼太郎の胸中だろう。個人の意志としての「頑張る」と、誰かから強制される本意ではない「頑張る」はまったく別のものだ。司馬遼太郎が否定したかったのは、そうした、他者によって個人の意志が捻(ね)じ曲げられることに対してであったのだろう。そして、この点に留意して司馬作品を見渡すと、たしかに何者かに強制されて「頑張る」と口にする登場人物がいないことに、今更ながら気づかされる。司馬遼太郎の作品は、言葉遣いにも深い意味が込められていたのだ。

この年の六月には、十六世紀末の朝鮮の役によって、日本に連れてこられた朝鮮の人々を主題にした「故郷忘じがたく候」を「別冊文藝春秋」第一〇四号に発表。異郷・薩摩の地で様々な困難に見舞われながらも、白薩摩、御前黒という巧緻(こうち)な陶器を生み出した沈(ちん)氏ならびに朝鮮の人々。彼らのおよそ四百年の壮絶な歴史を通して、日本人の良い面と悪い面、さらには日韓の感情的隔たりと、歩み寄りの可能性を描いている。七月からは、長編「大盗禅師」を「週刊文春」に連載する。この作品は、江戸時代初期を舞台にした壮大な伝奇ロマンだ。世に大量に発生した浪人たちを扇動して幕府転覆を計画する軍学者・由比(ゆい)正雪と、明(みん)の帝室再興のために女真族と戦う私設海軍を有する鄭芝龍（ていしりゅう）・成功親子。彼らは密（ひそ）かに結託し、それぞれの国の権力打倒のため暗躍する。この二国の間を遊泳する摂津の若者・浦安仙八と性別不明の美貌（びぼう）の唐人・蘇一官、さらに怪僧・大濤（だいとう）禅師が計画の要諦（ようてい）に絡み物語は進行する。歴史小説と並行してこのような創造性溢れる伝奇ロマンを書き続けたことも、司馬遼太郎が多くの読者に支持された理由の一つといえるだろう。

　昭和四十四年二月には、日本各地を旅して、その土地の風土や歴史的痕跡（こんせき）について考察したエッセイ『歴史を紀行する』で第三十回文藝春秋読者賞を受賞する。同月、幕末の思想家・吉田松陰とその弟子・高杉晋作の人生を通して、この時代の政治思想の本質に迫った「世に棲む日日」を「週刊朝日」に連載開始する。私塾・松下村塾で木戸孝允（たかよし）、伊藤博文、山県有朋など多くの次代の担い手たちを育てた吉田松陰。長州藩で奇兵隊を組織し、幕軍による第二次長州征討を退けた高杉晋作。二人はともに二十代で命を落とす。作者は物語の中で、幼少で死ぬ者、長寿をえて死ぬ者、「どの人間の生にも春夏秋冬はある」と語り、人生は時間の長短ではないと記している。かぎりある命を燃やした男たちの意志と誇りを丹念に掘り起こし、彼らの偉業を追慕した、鎮魂の物語といえるだろう。なお、松陰とその弟子たちについて、のちに司馬遼太郎は興味深い考察を述べている。

革命は三種類の人間によってなされるようですね。初動期は詩人的予言者か思想家があらわれます。これは松陰でしょう。多くは、非業の死を遂げます。中期に卓抜な行動家が出て奇策縦横の行動をします、高杉晋作や久坂玄瑞でしょう。かれらも多くの場合、死にます。最後には処理家が出て、大いに栄達します。伊藤博文や山県有朋がそうでしょう。松下村塾には、この三段階がそろっていたというのが、奇蹟的なほどの興味ですね。

（「人間の魅力」『司馬遼太郎が考えたこと 15』）

人類の歴史とは、様々に形を変えながらも、人と人とのつながりによって紡がれている。そんな不変の真理を、司馬遼太郎は物語を通して私たちに伝えているのだ。

昭和四十七年三月に、「世に棲む日日」他で第六回吉川英治文学賞を受賞する。七月から、「関ケ原」の続編ともいうべき、徳川家康の大坂城攻略と豊臣方の内情を描いた「城塞」を「週刊新潮」に連載。十月からは、「花神」を「朝日新聞」夕刊に連載する。蘭医・緒方洪庵のもとで学び、周防で村医を務めていた村田蔵六（のちの大村益次郎）は伊予宇和島藩や江戸で、西洋の科学と技術を修得する。幕府のために働いたのち長州藩の軍事を指導し、第二次幕長戦争の折には、新式銃を百姓に持たせて幕軍を見事に撃退。この維新史の転換点となる勝利で勇名をはせた蔵六は、討幕軍の総司令官となる。その後、戊辰（ぼしん）戦争を徹底した合理的兵法で乗り切る彼は、明治の新政府では兵部大輔（軍事大臣）となり、近代軍隊の創設に尽力するのだった。

本編の最大の特色は、蔵六が西洋の技術と合理主義を重要視していた点にある。これは、戦中の司馬遼太郎が身に染みて痛感した、日本に欠落していたものに他ならない。作者が大村益次郎を幕末維新における花神（花を咲かせた者）と呼ぶ根拠は、彼が誰よりも技術力の価値と重要性を熟知していたからなのだ。

昭和四十五年一月からは、徳川家康を主人公にした「覇王の家」を「小説新潮」に連載。「関ケ原」、「城塞」では狡猾（こうかつ）な権力者として描かれた家康。その彼に従う精強な家臣団の結束の秘密と、三河時代の家康の成長模様を描いた歴史長編だ。

八月には、室町幕府の将軍・足利義政と妻の日野富子を中心に、人の愛や欲望、生と死を題材にした戯曲「花の館（やかた）」を「中央公論」に発表。本作は、十一月に日生劇場で文学座により公演された。

大いなる歴史の点景を望む　昭和四十六年〜昭和五十一年

「街道をゆく」「翔（と）ぶが如（ごと）く」「空海の風景」「播磨灘（はりまなだ）物語」「胡蝶（こちょう）の夢」連載。

昭和四十六年（一九七二）一月、四十七歳の司馬遼太郎は「週刊朝日」において「街道をゆく」の連載を開始する。「街道をゆく」シリーズは、司馬遼太郎が日本全国、ならびに韓国、中国、モンゴル、台湾、ヨーロッパ、アメリカの街道や町を訪れ、土地の人々の息遣いや、その土地の過去から現代にいたる歴史に思いを馳（は）せた紀行エッセイだ。小説とはまた違った味わいで、大勢の読者を歴史の世界に誘（いざな）ってくれた。昭和五十九年六月には、「街道をゆく　南蛮のみちⅠ」で第十六回新潮日本文学大賞〈学芸部門〉を受賞する。

昭和四十七年一月、西郷隆盛と大久保利通（としみち）を中心にした大長編「翔ぶが如く」を「毎日新聞」に連載開始する。この作品は、多くの士族たちを失業させた明治の東京政府と、否応（いやおう）なく士族の救世主としての幻像をまとわされた西郷隆盛との対決をメイン・テーマにしている。それを前提に司馬遼太郎は本編についてこう説明する。

十三世紀以来の武士の終焉（しゅうえん）をロマンティシズムとしてとらえてもよく、また、東京に成立した日本史上最強の権力と、それに対する在野、という図式でみてもいい。

あるいは、単に経綸家である大久保と道義的感情が豊富すぎた西郷との私闘とうけとるのも、自由である。

主役は、時代である。あるいは、薩摩隼人である。かれらは革命をおこしながら、大挙してそれをこわそうとした。（中略）

私は、どちらが善とも悪とも書かなかった。農民をふくめて、維新から明治十年までを、ひとびとがよく堪えたことに、大きな感動をもちつづけている。

（「『翔ぶが如く』について」『司馬遼太郎が考えたこと 14』）

と、いわゆる英雄物語とは一線を画していることを明確に述べているのである。実際、英雄的人物と、その後の時代を牽引していく圧倒的な権力を手にする「官」との交代劇が、この物語の一つの眼目になっている。司馬遼太郎は、近代日本の政治の推移を正確に見抜いていたのだ。

昭和四十八年一月から、大河ドラマ『国盗り物語』がＮＨＫで放映される。同月、世界に通じる大天才・空海の正体を評伝の形で解明した「『空海』の風景」（のちに『空海の風景』と改題）の連載を「中央公論」で開始する。司馬遼太郎は天才的な人物を物語に描く際、既成概念や従来の体制を破壊する大胆な行動を悪、あるいは悪事として表現することがある。空海もまたその一人で、彼の異能性を最澄と引き比べ、ときに奸智にたけた狡猾な人物のように描いている。だが、それはあくまでも人間の尺度で眺めた時の認識であり、「生命と天地を謳歌し太陽のように明るく生き生きした生命のほとばしり出る真言密教の宗旨や思想」を意識して空海の行動を凝視すると、それは大きく宇宙的な価値観に裏打ちされていることが理解できる。ともあれ空海、密教、高野山など神秘のベールに包まれていた存在に光を当て、その全容を大衆に伝えた司馬遼太郎の功績は計り知れない。

五月から、敵将・荒木村重方に捕らえられ、過酷な幽閉生活から半死半生で生還した戦国武将・黒田官兵衛の骨太な生き様を描いた「播磨灘物語」が「読売新聞」で連載される。

昭和五十一年四月、『空海の風景』など一連の歴史小説で昭和五十年度芸術院恩賜賞を受賞する。十一月から、幕末から明治初期にかけて、医者、医学者として生きた松本良順、島倉伊之助、関寛斎の三人の眼を通して、この時代の身分制度を多角的に見据えた「胡蝶の夢」を「朝日新聞」に連載する。

司馬遼太郎は、江戸時代にあるような封建的な身分制度が、絶対のものではなく、武術、学問という何らかのファクターによってその枠組みは乗り越えられると指摘する。この武術で自ら身を立てた者といえば、足軽・岡田以蔵や、新選組の土方歳三などが思い浮かぶだろう。そして本編では、徳川政権下に生じた蘭学化（医学を含む）によって起きた仕組みや制度のゆらぎを、徳川慶喜に信頼された医師・松本良順らの人生模様と共に活写しているのである。さらにまた、身分という主題とは別に、関寛斎の晩年を描きながら人間の徳性について暗喩的に追求しているのも、本作ならではの味わいといえるだろう。

大陸への想いと、相互理解への道　昭和五十二年〜昭和五十九年

「項羽と劉邦」「菜の花の沖」「ひとびとの跫音」「箱根の坂」「韃靼疾風録」連載。

昭和五十二年（一九七七）一月から、楚の覇王・項羽と、漢の高祖・劉邦の中国大陸での戦いを描いた「漢の風、楚の雨」（のちに『項羽と劉邦』に改題）を「小説新潮」に連載する。

秦の始皇帝が亡くなり、農民の陳勝・呉広らが役人に対し反旗を翻したのを契機に、全国各地に反乱の火が広がる。この混乱に乗じて楚人の項羽と彼の叔父・項梁は、会稽郡守を殺しその地を支配下におさめる。また沛では、意気盛んな無頼の者たちを統べる劉邦が沛の県令へとのぼりつめる。その後、反乱軍は集結し、楚王の孫・懐王を

中心にした一大勢力へと発展する。項羽と劉邦の姿もこの軍勢のなかにあった。秦軍を圧倒する反乱軍であったが、関中（咸陽）攻めの競争で項羽と劉邦の間で諍いが生じる。劉邦軍の軍師・張良の計略で両者の対決は回避されるが、以後、二人は新時代の玉座をめぐり相争うようになるのだ。

本編の終盤、古今無双の豪傑・項羽が敵陣から聞こえてくる楚歌によって己の最期を悟る場面がある。死と滅びの予兆と、歌という芸能の美が同一化する実に印象的な一幕だ。死の悲劇さえも美に染め変える東洋的な精神、あるいは思想が、これ以上ないほど鮮明に表現されている。司馬遼太郎は日本人にも通じる散り際の観念を、独特の文脈で巧みに描き出しているのである。司馬文学、屈指の名場面と言えるだろう。

昭和五十四年四月からは、「菜の花の沖」を「サンケイ新聞」に連載する。主人公の高田屋嘉兵衛は淡路出身の海運業者で、江戸時代後期に北前船交易で成功したのち、幕府の御用船頭になる。択捉航路の開拓など、蝦夷地経営に関わり活躍するも文化九年（一八一二）にロシアの軍艦に拿捕され、カムチャッカに連行される。しかし嘉兵衛はその人間性でロシア人の信頼を得て、現地の人々からも「タイショウ（大将）」と呼ばれるようになる。帰国後は、日露両国から頼られ外交交渉を担当し、松前に幽閉されていたディアナ号艦長ゴローニン少佐の解放にも尽力した。司馬遼太郎は嘉兵衛の人間的魅力について「魂のきれいな人」と最上の言葉で讃えている。日露の友好の懸け橋となった日本人、彼もまた司馬遼太郎が歴史のなかで探し出した、人間の可能性を示す存在であったに違いあるまい。

八月からは、『子規全集』の出版にいたるまでの正岡子規ゆかりの人々の生活を描いた「ひとびとの跫音」を「中央公論」に連載する。司馬遼太郎の後期の作品は、武将や有力者より、ひとびとという庶民に目線を向けていたように思われる。

昭和五十六年十二月に、芸術院会員となる。

昭和五十七年二月に、『ひとびとの跫音』で第三十三回読売文学賞を受賞。六月から、応仁の乱ののち、相模全域を支配した北条早雲の生涯を描いた「箱根の坂」を「読売新聞」に連載する。斎藤道三と同様、戦国の下克上の代名詞とも呼べる人物・北条早雲は、領民を食べさせることを重要視し、経営者的な視点で領国を運営。北条氏が関東を支配下に治める基礎を築いた画期的な戦国武将であった。そうした早雲の独特の領国体制を、司馬遼太郎は次のように分析している。

　早雲の小田原体制では、それまでの無為徒食の地頭的存在をゆるさぬもので、自営農民出身の武士も、行政職も、町民も耕作者も、みなこまごまと働いていたし、その働きが、領内の規模のなかで有機的に関連しあっていた。早雲自身、教師のようであった。士農に対し日常の規範を訓育しつづけていた。このことは、それまでの地頭体制下の農民にほとんど日常の規範らしいものがなかったことを私どもに想像させる。早雲的な領国体制は、十九世紀に江戸幕藩体制が崩壊するまでつづくが、江戸期に善政をしいたといわれる大名でも、小田原における北条氏にはおよばないという評価がある。

（「『箱根の坂』連載を終えて」『司馬遼太郎が考えたこと　12』）

国造り、あるいは国の繁栄というのも、司馬遼太郎が終生関心を寄せたテーマであったと考えられる。

この年、司馬遼太郎は「読売新聞」の主催で、鮮于煇（ソヌヒ）、高柄翊（コビョンイク）、金達寿、森浩一と座談会を行い、日本と韓国の文化の違い、差別や歴史教育など両国を隔てる様々な問題について胸襟（きょうきん）を開いて語り合っている。その記録は、翌年『日韓理解への道』のタイトルで書籍化される。この後も、司馬遼太郎は積極的に日韓やアジアをめぐるテーマで対談等を内外の専門家たちと行っている。

昭和五十八年一月、「歴史小説の革新」で昭和五十七年度朝日賞を受賞。

　昭和五十九年一月から、明と女真族の争いに飛び込む日本人・桂庄助と、女真公女アビアの異郷での彷徨を描いた司馬遼太郎最後の長編小説「韃靼疾風録」を「中央公論」に連載する。慶長十九年（一六一四）に、平戸の若者・桂庄助は、藩主・松浦隆信から、船が難破して平戸に流れ着いた韃靼の公女アビアを故国オランカイ（満州）に送り届けよと命じられる。実はこの指令の背後では、韃靼との交易の可能性を探るという密命も下されていた。庄助とアビアは、一時、朝鮮国内で拘束されるも、辛うじて韃靼に辿り着く。ところが、アビアの父はすでに亡くなり、アビアも公女の地位を失っていた。瀋陽で、軟禁された状態で暮らしていた庄助は、大汗ホンタイジに誘われ明との戦いに参加することになる。本心では日本への帰国を願っていた庄助とアビアだったが、それが許されたのは睿親王ドルゴンが摂政になってからの時代だった。日本の政治的事情により、庄助は日本人としてではなく、明人として帰国する。

　本書は、明の官僚主義の衰退など中国の歴史を眺めつつ、世界のなかでの日本人の活躍を楽しむ歴史冒険ロマンとして読むことが出来る。そういった意味では、「菜の花の沖」と似たスタイルの作品と受け止められよう。そして、なにより本書が素晴らしいのは、庄助とアビア、それぞれの心境の変化にあるといえる。あえて詳述は避けるが、さりげない二人の会話のなかに日本、そして外国への想いが語られており、それが未来の日本と諸外国との相互理解の方向性を示しているのだ。このくだりに、司馬遼太郎の思いは集約されていたに間違いあるまい。生まれた土地は違っても、人間は誰しも嬉しいときには笑い、悲しいときには泣く。その共通の感情は人類普遍のものであり、人と人とを結びつける大きな原動力ともなる。司馬遼太郎は、文学という手法で、静かにその事実を読者の胸に届けたのである。なお、『韃靼疾風録』は、昭和六十三年十月に第十五回大佛次郎賞を受賞する。

人間の荘厳さを求めて　昭和六十年〜平成六年

「アメリカ素描」発表。「この国のかたち」「風塵抄」「草原の記」連載。「ロシアについて」刊行。

「韃靼疾風録」以降、小説の創作から離れた司馬遼太郎は随筆、歴史紀行、対談、講演等に力を入れ、また精力的に日本全国を巡り、海外にも足を運ぶようになる。

平成二年（一九九〇）には、作家・評論家の堀田善衞、アニメーション作家の宮崎駿との鼎談もしている。司馬遼太郎は宮崎駿作品の熱心なファンでもあった。また平成六年三月に台湾を旅行した際には、当時の台湾総統・李登輝とも対談する。

昭和六十年（一九八五）には、多民族が住む人工国家としてのアメリカの歴史的特色に着目した「アメリカ素描（第一部）」を「読売新聞」に連載。

昭和六十一年三月からは、日本という国のなりたち、日本人の本質について文化や思想、宗教、生活史など多方面から考察した「この国のかたち」を「文藝春秋」に、また五月からは、エッセイ「風塵抄」を「サンケイ新聞」に連載する。「この国のかたち」、「風塵抄」の頃から、司馬遼太郎は現代社会に対する発言が多くなる。住宅金融専門会社が抱えた不良債権と、これに対する政府の対応を問題視した住専問題や、現代の土地問題、オウム真理教による事件など時事問題に鋭く切り込んでいる。またみどり夫人や複数の編集者によると、若者たちの未来についても頻繁に語るようになったという。それを形にしたものが、小学校の教科書に掲載された「二十一世紀に生きる君たちへ」などであろう。

昭和六十二年二月に、日本と隣国との歴史的な関係について研究・考察した『ロシアについて』で第三十八回読売文学賞（随筆・紀行賞）を受賞。

司馬遼太郎のエッセイの中でもとくに注目したいのは、平成三年四月から「新潮45」に連載された、モンゴルを訪れた際に考えたことを綴（つづ）った紀行エッセイ「草原の記」である。少年の頃から憧（あこが）れていたモンゴルの地に足を踏み入れた司馬遼太郎は、二千数百年前の中国の趙（ちょう）から、日中戦争の頃、そして現代までと縦横無尽に語り尽くす。また十三世紀にモンゴル帝国の基礎を築いたオゴタイ・ハーンなど、歴史的人物の魅力にも説き及ぶ。そして、本書で一番着目すべきは、訪問時に通訳を務めたモンゴル人の女性ツェベクマさんの壮絶な人生の記録である。彼女は、日本、ソ連、中国の政治情勢に翻弄され、その都度ロシア、満州、中国と国籍を変えることを余儀なくされた。非情な歴史の移り変わりのなかで故郷も家族も奪われ、何度も傷を負いながらも常に世界の明るい面を見つけ出しながら生きてきたツェベクマさん。彼女は、司馬遼太郎の「ツェベクマさんの人生は、大きいですね」という言葉に対し、こう明言する「私のは、希望だけの人生です」と（『草原の記』新潮文庫）。

作家・司馬遼太郎の後半生は、日本と世界の接合部を探ることが題目の一つであったように思われる。その活動は、一人のモンゴル人の女性との出会いによってある結論に辿り着いたのではないだろうか。そう、人間の「希望」とは、国籍や人種、性別、身分等どんなカテゴリーにもとらわれず、いわんや戦争や権力者など何ものにも奪うことはできないのだということ。そして、信念をもって生きている人の荘厳な魂は、国境を越えて育（はぐく）まれていることを、司馬遼太郎は身をもって実感したに違いあるまい。「草原の記」には、そのときの感動が心震える名文で綴られているのだ。

このように、作家として、また歴史の探究者としてたゆみなく歩み続ける司馬遼太郎の偉業を、社会は様々な形で称賛した。昭和六十三年七月には、『坂の上の雲』などで、明治という時代がどういう時代であったかを明らかにした作家として、第十四回明治村賞が贈られる。平成三年十一月には、文化功労者顕彰式に参列。平成五年十一月には、文化勲章を受章する。

突然の別れ、受け継がれる志　平成八年〜

平成八年（一九九六）二月十日に体調を崩した司馬遼太郎は国立大阪病院に入院する（『司馬遼太郎の世界』）。十二日、午後八時五十分、腹部大動脈瘤（りゅう）破裂のためこの世を去る。享年（きょうねん）七十二歳。あまりにも突然の別れに、日本中が悲しみに包まれた。十四日正午より自宅にて密葬告別式。法名は「遼望院釋浄定」。三月十日には、大阪・ロイヤルホテルで「司馬遼太郎さんを送る会」が開催された。平成十年八月二日に、京都・浄土真宗本願寺派大谷本廟（ほんびょう）南谷に墓碑完成。納骨法要が営まれた。

司馬遼太郎の死後も、「この国のかたち」シリーズ他、エッセイや対談集は出版された。また比較的入手困難だった幻のデビュー作「ペルシャの幻術師」を収録した『ペルシャの幻術師』、短編集『侍はこわい』、司馬遼太郎が新聞記者時代に書いた花をテーマにした十編の幻想小説集『花妖譚』等が次々と刊行された。また、各地で司馬遼太郎関連の展覧会等が開催。そして、平成八年十一月に、財団法人司馬遼太郎記念財団が発足し、理事長に福田みどり夫人が就任した。

平成九年二月十二日、大阪・ロイヤルホテルにて「第一回菜の花忌シンポジウム」が開催（主催・司馬遼太郎記念財団）された。タンポポや菜の花といった黄色い花は、司馬遼太郎が最も愛した花だった。それゆえ命日の二月十二日を、故人をしのび「菜の花忌」と名付けたのだ。毎年、命日の前後に、東京と大阪で交互に「菜の花忌」シンポジウムが開催されている。また、この催しでは「司馬遼太郎賞」の贈賞式も行われている。この賞は、毎年一回、文芸、学芸、ジャーナリズムの広い分野のなかから、創造性にあふれ、さらなる活躍を予感させる作品を対象に選考し、決定されている。第一回から八回までは、個人とその業績に重点を置いていたが、第九回からは作品を対象とするようになった。記念すべき第一回（一九九七年度）の受賞者には、立花隆（たかし）が選ばれている。

平成十三年十一月には、東大阪市の住宅街の一角に「司馬遼太郎記念館」が開館する。この記念館は、司馬遼太郎の自宅と隣接した地に建築家の安藤忠雄（ただお）の設計によって建造されており、司馬遼太郎の書斎を間近に見ることが出来るように工夫が凝らされている。また約二万冊の蔵書を収めた大書架は、まさに司馬遼太郎の精神世界に触れるような趣があり、来館者に「感じる」「考える」機会を提供する特別な知的空間を構築している。

司馬遼太郎という知の巨人の全貌を簡潔に表現することは難しい。ただ、彼の作品の中から創作の本質に近づき、文学的精神の一端に触れることは可能なような気もする。昭和四十八年（一九七三）に書かれたエッセイ「自分の作品について」で、司馬遼太郎は、女性には生命の誕生に関わるなど、人生と密着した安定性があると述べ、男については根無し草的であると指摘した上で次のように説いている。

男は一個の身を無数の権力もしくは権力現象に身をゆだねたり、そのとりこになり、他に害をあたえたり、あるいは害を受けたり、ときにはそれを得ることによって何事かの自己表現を遂げようとあくせくし、それがために生死する。このことばかりは人類のはじめからこんにちにいたるまで変ることがなく繰りかえしている。そのことは小さな職場や部族内でのことであったり、あるいは国家規模においてその化けものが狂いまわって何万の人間が死ぬこともある。

その権力現象を巨細に眺めてみると、そこに登場する人物から志を抽出することができるであろう。志とは単に権力志向へのエネルギーに形而上的体裁をあたえたにすぎない場合もあるが、それはそれなりに面白く、さらにはいかなる志であっても志は男が自己表現をするための主題であり、ときには物狂にさせるたねでもあるらしい。

そういう人間の一現象を見ることに私は尽きざる関心があるらしく、さらに欲深げな表現でいえば、それを書くことが私自身が生きていることの証拠のようなものにさえなっている。

（「自分の作品について」『司馬遼太郎が考えたこと　7』）

つまり、自分への手紙という出発点から始まった司馬遼太郎の歴史をめぐる思索の旅は「志」という心性を発見したことで作家としての針路を見出したのである。右の引用に書かれていることは、まさに斎藤道三、坂本竜馬、土方歳三、秋山兄弟、正岡子規、関寛斎その誰にも当てはまる言葉ではないか。一人ひとりが志を持ち、その意志のもとに行動する。司馬文学の中心には、こうした人生観が熱く脈打っているのである。

戦争により日本という国に失望した二十二歳の若者は、飽くなき探究心でこの国の歴史と伝統文化を学び、日本と日本人が培ってきた民族性や特性、志、情緒溢れる美の表現を見つけ出した。そして彼は、この探索の手法を用いてアジアを中心に諸外国の風土や文化、個性を探り、その国の人々が有する文化・文明の価値や美質を見出してきた。相手に対する憎悪や偏見ではなく、融和と協調、理解の精神を原動力に対話を試み続けた。

そして今、司馬遼太郎が残してくれた多くの知識と教養の物語は、私たちに強く語りかけている。どんな困難に直面しようとも絶望に立ちすくんではならないと。人間は、見て、考え、志を養い、思いを誰かと共有しながら行動すれば、苦難を乗り越え未来への道を拓くことが出来るのだと。そして、この真理は日本と世界のひとびとの歴史が証明していると。司馬遼太郎は、この瞬間にも、雄渾な筆致で私たちにそう語り続けているのである。

（文中敬称略）

本章記載以外の参考文献

尾崎秀樹著『歴史の中の地図 司馬遼太郎の世界』（文春文庫）
週刊朝日編集部著『司馬遼太郎の幕末維新』Ⅰ〜Ⅲ、『司馬遼太郎の戦国』Ⅰ・Ⅱ、『司馬遼太郎の描く異才』Ⅰ・Ⅱ、『司馬遼太郎と『坂の上の雲』』上・下（朝日文庫）
村井重俊著『街道をついてゆく 司馬遼太郎番の六年間』（朝日文庫）
『司馬遼太郎全作品大事典』（新人物往来社）
『司馬遼太郎全集』第三十二巻・第五十巻・第六十八巻（文藝春秋）

司馬遼太郎作品ナビ　　執筆：木村行伸
司馬遼太郎の名言　　執筆：青木逸美
評伝　司馬遼太郎　　執筆：木村行伸

執筆者プロフィール

木村行伸　きむら・ゆきのぶ
一九七一年東京生まれ。文芸評論家。歴史・時代小説、推理小説、現代小説、ノンフィクションの書評を新聞、雑誌に執筆。時代小説の関連書籍、文学事典などの企画にも携わる。

青木逸美　あおき・いづみ
ライター・書評家。時代小説を中心に解説や書評を執筆。執筆を担当した作品に『鬼平の言葉　現代（いま）を生き抜くための１００名言』『文豪ナビ　池波正太郎』など。

本書は文庫オリジナル作品です。

「司馬遼太郎記念館」への招待

司馬遼太郎記念館は自宅と隣接地に建てられた安藤忠雄氏設計の建物で構成されている。広さは、約2300平方メートル。2001年11月に開館した。

数々の作品が生まれた自宅の書斎、四季の変化を見せる雑木林風の自宅の庭、高さ11メートル、地下1階から地上2階までの三層吹き抜けの壁面に、資料本や自著本など2万余冊が収納されている大書架、……などから一人の作家の精神を感じ取っていただく構成になっている。展示中心の見る記念館というより、感じる記念館ということを意図した。この空間で、わずかでもいい、ゆとりの時間をもっていただき、来館者ご自身が思い思いにしばし考える時間をもっていただきたい、という願いを込めている。（館長　上村洋行）

利用案内

所在地　大阪府東大阪市下小阪3丁目11番18号　〒577-0803
TEL　06-6726-3860，06-6726-3859（友の会）
HP　http://www.shibazaidan.or.jp
開館時間　10:00～17:00（入館受付は16:30まで）
休館日　毎週月曜日（祝日・振替休日の場合は翌日が休館）
特別資料整理期間（9/1～10）、年末・年始（12/28～1/4）
※その他臨時に休館することがあります。

入館料

	一般	団体
大人	500円	400円
高・中学生	300円	240円
小学生	200円	160円

※団体は20名以上
※障害者手帳を持参の方は無料

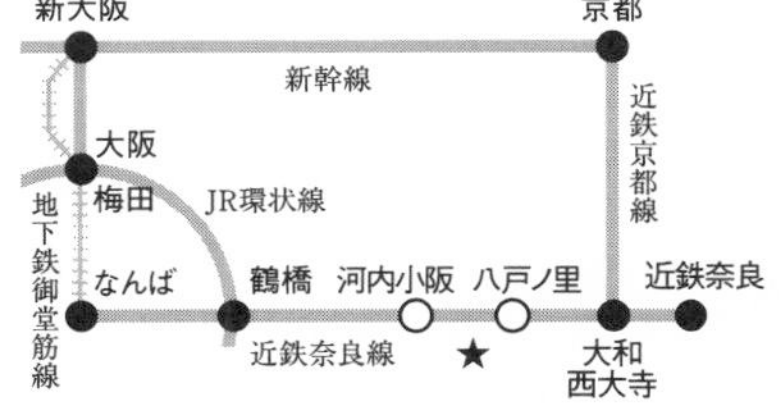

アクセス　近鉄奈良線「河内小阪駅」下車、徒歩12分。「八戸ノ里駅」下車、徒歩8分。
Ⓟ5台　大型バスは近くに無料一時駐車場あり。但し事前にご連絡ください。

記念館友の会　ご案内

友の会は司馬作品を愛し、記念館を支えてくださる会員の皆さんとのコミュニケーションの場です。会員になると、会誌「遼」（年4回発行）をお届けします。また、講演会、交流会、ツアーなど、館の行事に会員価格で参加できるなどの特典があります。

年会費　一般会員3000円　サポート会員1万円　企業サポート会員5万円
お申し込み、お問い合わせは友の会事務局まで
TEL 06-6726-3859　FAX 06-6726-3856

文豪(ぶんごう)ナビ　司馬遼太郎(しばりょうたろう)

新潮文庫　し－9－0

令和三年二月一日発行
令和五年七月二十五日二刷

編者　新潮文庫(しんちょうぶんこ)

発行者　佐藤隆信

発行所　株式会社新潮社

郵便番号　一六二―八七一一
東京都新宿区矢来町七一
電話　編集部(〇三)三二六六―五四四〇
　　　読者係(〇三)三二六六―五一一一
https://www.shinchosha.co.jp

価格はカバーに表示してあります。

乱丁・落丁本は、ご面倒ですが小社読者係宛ご送付ください。送料小社負担にてお取替えいたします。

印刷・錦明印刷株式会社　製本・錦明印刷株式会社

ISBN978-4-10-115200-4　C0195